KB030751

학교에 오지 않는 아이

OOBAYASHI-KUN E NO TEGAMI

Copyright © 2017 by Atsuko Seino
Korean translation copyright © 2018 by Lime Co., Ltd.
All rights reserved.

First original Japanese edition published by PHP Institute, Inc. Japan.
Korean translation rights arranged with PHP Institute, Inc. Japan
through Creek&River Co., Ltd. and Eric Yang Agency, Inc.

이 책의 한국어판 저작권은 에릭양 에이전시를 통한
PHP Institute, Inc.와의 독점 계약으로 (주)라임이 소유합니다.
저작권법에 의하여 한국 내에서 보호를 받는 저작물이므로 무단 전재와 무단 복제를 금합니다.

학교에 오지 않는 아이

세이노 아쓰코 지음 | 김윤수 옮김

라임

차 례

독후감은 너무 어려워!

01

가방에서 새 공책을 꺼냈다. 책상 위에는 국어 사전과 교과서, 스카치테이프, 내 이름 '후미카'를 조그맣게 인쇄한 스티커가 어질러져 있었다.

내 책상은 항상 이렇게 너저분했다.

책상 위에 어질러져 있는 물건들을 오른쪽으로 스윽 밀었다. 그러자 며칠 전에 벽에 걸려다가 깜빡하고 내버려 두었던 달력이 책 밑에서 불쑥 나타났다.

'지금은 6월인데.'

나는 4월과 5월의 달력을 북 찢었다.

그러고 나서 어디에 걸까, 하고 방 안을 찬찬히 둘러보았다.

천장에 닿을 듯이 높다란 책장에는 책이 빼곡하게 꽂혀 있었고, 군데군데 작은 도자기 인형이 놓여 있었다. 바닥에는 책장에 못다 꽂은 책들이 잔뜩 쌓여 있었다.

다른 쪽에는 옷장과 침대, 창문……. 달력을 걸 만한 곳이 전혀 없었다.

'까짓거! 나중에 생각하지, 뭐.'

나는 달력을 책상 위에 다시 내려놓았다.

'근데 네임펜이 어디 있더라.'

분홍색과 노란색 포스트잇, 하트 모양의 스탬프, 쓰다 만 지우개 등을 넣어 둔 상자에 손가락을 넣어 휘저으며 네임펜을 찾아보았다. 상자 맨 밑바닥에 깔려 있었다.

나는 네임펜을 꺼내서 '야마시로 중학교 1학년 2반 이가라시 후미카'라고 공책 표지에 조그맣게 적었다.

자, 이제부터 독후감을 써야 했다.

'독후감은 너무 어려워…….'

나는 의자 위에서 꼬고 있던 다리를 바닥으로 내려놓았다.

'아얏…….'

발바닥에 뭔가가 달라붙었다. 안 봐도 뻔했다. 나무 클립이었다.

반바지를 입은 다리를 들어 올려서 발바닥에 붙은 클립을 떼어 낸 뒤 책상 위로 획 내던졌다.

'아아, 싫다, 싫어. 책을 읽고 나서 느낀 걸 솔직하게 쓰라고? 이건 순 거짓말이야.'

나는 책 내용을 머릿속에 떠올려 보았다.

-이렇게 긍정적인 성격의 주인공이 친구로 있으면, 나는 그 친구를 빛나게 해 주는 역할만 맡게 될 것 같아서 싫다.

-이 세상은 싸울 용기가 있는 사람에게 전부 맡기고 싶다.

-모든 사람이 좋아한다는 것은 어쩌면 모든 사람이 무서워한다는 뜻일지도 모른다.

독후감을 이런 식으로 써도 된다면 참 좋을 텐데. 하지만 이렇게 썼다간 절대로 좋은 점수를 받지 못할 것이다.

나는 샤프펜을 손가락 위에서 빙빙 돌렸다. 집게손가락에서 가운뎃손가락으로, 그리고 넷째 손가락으로 샤프펜을 옮기면서 빙글빙글 돌렸다. 펜 돌리기는 아빠가 어렸을 때 유행한 놀이라고 들었다.

"하기 싫은 공부를 계속 붙잡고 있으려니, 샤프펜만 잘 돌리게 되었지 뭐냐?"

아빠는 이렇게 말하면서 손가락 위에서 샤프펜을 빙글빙글 돌렸다. 이젠 어른인데도 아주 잘했다.

나는 '샤프펜 돌리기'를 하면서 독후감을 어떻게 쓸지 머릿속으로 계속 생각했다.

담임인 아이자와 쇼코 선생님이 칭찬하며 예로 들었던 독후감을 떠올리면서 공책에다 겨우 몇 줄을 끼적였다.

-나도 주인공처럼 최선을 다해 세상과 부딪치며 살고 싶다.

-이 책을 읽고 나서 내가 얼마나 용기가 없는 아이인지를 깨닫게 되었다. 여러 가지 면에서 부끄러웠다.

-사람들이 왜 이 책의 주인공을 좋아하는지 알 것 같다!

우아, 2페이지나 썼다!

'전부 거짓말인데.'

나는 다시 손가락 위에서 샤프펜을 빙글빙글 돌렸다.

언젠가부터 글을 쓸 때 거짓말을 술술 잘하게 된 것 같다. 방금 쓴 이 글 속에 진짜 내 마음을 담은 문장은 단 한 줄도 없었다.

글짓기나 독후감 대회에서 좋은 점수를 받으려면 거짓말을 쓸 수밖에 없다. 앞으로 나는 중학교와 고등학교를 다니면서 얼마나 많은 거짓말을 더 해야 할까.

"아하하."

조금도 우습지 않은데……. 공책을 내려다보며 나도 모르게 소리 내어 웃었다.

그래, 좋아. 얼마든지 쓸 수 있어. 글짓기를 하면서 거짓말을 쓰는 건 어질러진 내 방을 청소하는 것보다는 훨씬 더 잘할 수 있으니까.

나는 의자 위에서 다리를 꼰 뒤 또다시 샤프펜을 빙빙 돌렸다.

학교에 오지 않는 아이

02

다음 날 아침, 학교에 독후감을 쓴 공책을 가지고 갔다. 자리에 앉자마자 우시지마 우미가 내 자리로 쏜살같이 다가왔다.

"날이 갈수록 독후감에 거짓말을 쓰는 일이 많아진 것 같아."

나는 책상 위에 두 팔을 얹고 손으로 턱을 괴면서 우미에게 시큰둥한 목소리로 말했다.

"뭐, 이제 우린 중학생이잖아. 그런 것쯤이야……."

우미는 윤기 나는 머리칼을 묶은 분홍색 머리끈을 빼서 팔찌처럼 손목에 끼웠다.

"근데 후미카, 나는 독후감보다 반성문을 쓰는 게 더 어려울 것 같아."

우미의 커다란 눈동자가 아무도 앉아 있지 않은 의자와 책상 쪽을 흘깃 바라보았다. 오바야시 히토시의 자리였다.

오바야시는 며칠 전부터 학교에 나오지 않고 있었다.

남자애들 몇몇과 출입이 금지된 학교 옥상에 멋대로 올라갔다가 담임 선생님에게 몹시 혼이 난 모양이었다. 선생님에게 순순히 잘못을 인정하고도 반성문까지 썼다는 소문이 돌았다.

반성문은 대체 어떻게 쓰는 건지 궁금해서 컴퓨터로 검색을 해 보았다. 자신이 큰 잘못을 저질렀다는 걸 인정하고, 다른 사람들에게 피해를 주고 걱정을 끼친 일을 사과하는 글이었다.

그중에는 자신이 얼마나 나쁜 짓을 저질렀는지, 또 얼마나 형편없고 나쁜 사람인지를 끝도 없이 나열한 글도 있었다. 스스로 자신의 머리를 때리면서 절절하게 사과를 하는 문장도 눈에 띄었다.

그런 글을 읽고 있노라니 괜스레 머리가 아파 왔다. 도저히 끝까지 읽을 수가 없었다.

"다른 애들은 대충 써서 낸 모양인데, 오바야시만 끝내 반성문을 못 썼다는 것 같아."

우미가 나를 빤히 쳐다보았다.

"엄마가 아르바이트하시는 데서 그런 얘기를 들으셨다나 봐."

"다른 애들은 다 반성문을 썼대?"

"나도 잘 몰라. 엄마 말씀으로는 그런 것 같다고 하셨어."

우미는 목소리를 낮추고 말을 계속 이었다.

"아르바이트하시는 데서 누가 오바야시 엄마한테 슬쩍 물어봤다나 봐. '그쪽 아들은 반성문을 결국 못 썼어요?' 하고. 그랬더니 오바야시 엄마가 '네.' 하고 조그맣게 대답하시더래. 요즘 오바야시 엄마는 누가 뭐라고 하든 '네.'라고 대답하고선 발밑만 쳐다보신대. 그러니까 그런 소문이 쫙 퍼지지."

"그렇구나."

나는 어깨를 움츠렸다.

"아무 말이나 대충 적어 내면 될 텐데."

"아이참, 전부 다 후미카 너 같은 줄 아니? 생각지도 않았던 걸 어떻게 금방 휘리릭 써 내겠어?"

우미는 씩 웃으며 장난스럽게 대꾸했다.

'그런가?'

오바야시는 국어 성적이 꽤 좋은 편이었다. 시험을 볼 때마다 남자애들이 우르르 그 애 자리로 몰려가서 "대박!"이라며 소리를 지르곤 했다. 성적이 좋으니까 글도 꽤 잘 쓸 텐데……. 거짓 문장으로 대충 쓰면 제아무리 반성문이라 해도 식은 죽 먹기 아닌가?

나는 고개를 갸우뚱거리며 오바야시가 어떤 애였는지 곰곰이 생각해 보았다.

시험 성적은 좋았지만 체육은 중간보다 아래였다. 쉬는 시간에는 보드게임을 좋아하는 남자애들 무리에 끼어 있었던 것 같다. 새하얀 셔츠는 언제나 단정했고 주름 하나 없던 걸로 봐서……, 자세가 아주 반듯했던 걸까? 얘기를 나눈 적이 거의 없어서 얼굴은 제대로 떠오르지 않았다. 하지만 성격이 깐깐한 느낌은 없었으니까, 지내다 보면 언젠가 얘기할 기회가 있으리라고 막연하게 짐작했다.

나는 턱을 괴고 있던 팔을 스르르 내렸다.

"그래, 나는 생각지 않았던 것도 마음만 먹으면 줄줄이 써 내는 거짓말쟁이야."

"칫, 농담한 건데 삐친 거니? 알고 보면 그것도 귀중한 재능이야. 그래서 말인데……, 만약에 나한테 그런 일이 생기면 네가 대신 반성문 좀 써 줘. 부탁이야, 제발."

우미가 두 손을 맞잡고 부탁하는 듯한 자세를 취했다.

"싫어."

"맛있는 거 사 줄게. 응, 응?"

우미가 내 어깨를 붙잡고 앞뒤로 가볍게 흔들었다. 나는 오바야시의 자리를 다시금 물끄러미 바라보았다. 그 옆으로 파란 하늘이 건너다보였다.

'오바야시는 왜 학교에 안 오는 걸까?'

처음으로 그 일에 신경이 쓰였다.

오바야시의 자리…….

오바야시가 결석한 뒤로는 아무도 그 자리에 앉지 않았다.

"오바야시는 언제까지 쉴까?"

내가 혼잣말처럼 중얼거리자 우미는 고개를 살랑살랑 저었다.

"몰라. 엄마 말씀으로는 집 안에 계속 틀어박혀 있다나 봐."

그때 종소리가 울렸다. 우미는 "이따 봐." 하고 웅얼거리고는 잽싸게 자기 자리로 돌아갔다.

가짜 편지

03

그날 조례 시간에는 학교를 며칠째 계속 쉬고 있는 반 친구, 즉 오바야시를 위해 무엇을 할 수 있을지 함께 고민해 보는 시간을 가졌다. 담임 선생님은 교단 가장자리에 의자를 가져다 놓고서 두 손을 무릎 위에 가지런히 얹은 채 엄숙한 표정으로 앉아 있었다.

반장이 앞으로 나가 사회를 보았다.

"오바야시를 위해서 우리가 무엇을 하면 좋을지 다 같이 생각해 보고 서로 의견을 나누었으면 합니다."

나는 이름이 불리고 싶지 않아서 짐짓 목을 움츠렸다. 그러면서 속으로는 오싹한 기분이 들었다. 결석을 오래 하면 반에서 이런 회의를 하는구나, 싶어서.

선생님이 나직한 목소리로 거들었다.

"같은 반 친구를 위해 열심히 생각해 보면 좋겠어. 편지 같은 걸 쓰면 어떨까 싶은데……. 또 어떤 아이디어가 있을까? 나카타니가 먼저 얘기해 볼까?"

'편지…….'

나는 목을 더욱더 움츠렸다. 조금이라도 움직거렸다간 영락없이 다음에 이름이 불릴 것 같아서였다.

선생님은 이름을 불린 아이가 제대로 대답을 할 때까지 한참이 지나도록 가만히 기다릴 때가 있었다. 하염없이 기다리지 말고 빨리 정답을 가르쳐 주면 참 좋을 텐데.

선생님이 그런 식으로 기다리고 있으면 시간만 하염없이 계속 흘러갔다. 그래서 모두들 이름을 불린 아이가 정답을 말할 때까지 덩달아 무작정 기다려야 했다. 그럴 때 교실은 언제나 쥐 죽은 듯 조용했다.

엄마는 그 얘기를 듣고 나서 학생에게 천천히 생각할 시간을 주는 것이니까 배려심이 깊은 선생님이라고 말했다. 하지만 내 생각은 달랐다. 이름을 불린 아이가 대답을 제대로 못해서 우물쭈물하는 동안, 모두가 숨을 죽인 채 기다리고 있을 때의 착 가라앉은 분위기가 너무너무 싫었다. 무엇보다 정답을 말해야 한다는 강박에

시달리는 것이 끔찍했다. 모두가 지켜보는 가운데서 틀린 대답을 하면 안 된다는 생각이 목을 옥죄곤 했다.

이윽고 나카타니가 의자를 뒤로 빼면서 일어나는 소리가 들렸다. 나카타니는 오바야시와 가장 많이 어울리던 아이였다. 그래서 이름이 맨 먼저 불렸는지도 모르겠다.

나카타니는 앞을 멀뚱히 바라보고 서 있었다.

반장이 편지, 편지, 하고 입 모양으로 종알거리며 나카타니를 애절한 눈빛으로 바라보았다. 우리 반에서 키가 가장 큰 나카타니는 기다란 몸을 꺾듯이 고개를 푹 숙이고 있었다.

"역시 편지가 가장 좋다고 생각하니?"

기다리다 지쳤는지, 선생님이 대뜸 이렇게 물었다. 반장은 안심한 듯 고개를 끄떡였다.

"편지를 쓰는 것이 좋다고…… 생각합니다."

나카타니는 기어 들어가는 목소리로 선생님 말씀을 똑같이 따라했다.

선생님이 반 친구들을 훑어보며 입을 떼었다.

"너희 생각은 어때? 음, 편지 쓰기에 찬성하는 사람 손 들어 봐."

반 친구들이 모두 손을 쑥 들었다.

선생님은 천천히 고개를 끄떡였다.

"모두 찬성이구나."

그때 갑자기 또랑또랑한 목소리가 교실 안에 울려 퍼졌다.

"선생님, 편지를 다 쓰고 나서 오바야시에게 전하러 가실 거죠? 그때 저도 같이 가고 싶어요."

시도 미야코가 자리에서 벌떡 일어나 말했다.

어깨 위까지 가지런히 내려온 까만 머리칼이 하얀 목덜미에서 가볍게 찰랑거렸다. 영민하게 반짝이는 새까만 눈동자가 칠판 쪽을 똑바로 바라보고 있었다. 미야코의 몸놀림에는 늘 의젓함과 당당함이 스며 있었다.

"음, 물론 저만 가는 건 아니고요. 우리 반 애들 모두 같이 가는 편이 오바야시한테 마음을 훨씬 더 잘 전할 것 같아요."

미야코의 목소리가 조용한 교실에 다시 한 번 울려 퍼졌다.

나는 왠지 모르게 미야코 앞에서 곧잘 주눅이 들었다. 수업 시간에 카랑카랑한 목소리로 발표를 도맡아 하는 데다, 어떤 상황에서든 분위기를 알아채는 데는 선수였다. 그만큼 사람들의 마음도 정확하게 꿰뚫었다.

그런데 한 가지 문제라면……. 자기처럼 하지 못하는 아이들을 대놓고 깔보았다. 미야코와 어울리는 친구들도 비슷한 면이 꽤 많았다. 그래서 그런지 하나같이 예쁘고 세련되었지만 가까이 다가가

기엔 부쩍 거부감이 들었다.

선생님이 말했다.

"미야코, 좋은 생각이구나. 하지만 편지를 전해 주는 건……."

그때 미야코가 선생님 말씀을 뚝 잘랐다.

"선생님, 오바야시는 분명히 다 같이 찾아오는 걸 좋아할 거예요."

"그래, 알았어. 생각해 보자꾸나."

선생님이 한 발 뒤로 물러섰다. 그러고는 이렇게 덧붙였다.

"미야코, 앞으로 나와서 반장 좀 도와주렴."

선생님이 눈짓으로 교단을 가리키자, 미야코가 곧바로 앞으로 성큼성큼 걸어 나갔다. 이어서 교단으로 사뿐히 올라서더니 교탁 안에서 종이 뭉치를 꺼냈다. 종이를 소리 내어 센 다음, 정확히 절반을 갈라서 반장에게 건넸다. 이윽고 복도 쪽으로 걸어가서는, 각 분단의 맨 앞에 앉은 아이에게 종이를 나눠 주었다.

반장도 곧 아이들에게 종이를 돌렸다. 미야코가 교실 바닥을 가볍게 밟는 소리와 반장의 둔탁한 발소리, 그리고 종이가 뒷자리로 전달되는 소리가 파도 소리처럼 교실 안에 번져 나갔다.

나는 손가락 위에 연필을 얹고 빙글빙글 돌렸다. 내 차례가 되어서 건네받은 종이에는 가장자리에 꽃다발 그림이 인쇄되어 있었다.

"꽃에다 색을 칠하면 더 예쁠 것 같은데."

선생님이 말했다.

이내 부스럭거리는 소리가 교실 안에 퍼졌다. 아이들은 너나없이 색연필을 꺼내 꽃다발에다 쓱쓱 색을 칠하기 시작했다.

나는 편지를 쓰기 위해 연필 끝을 종이 위로 가져갔다.

오바야시, 안녕?

잘 지내?

우리 반 애들 모두 네가 어떻게 지내는지 매일매일 궁금히 여기면서 걱정하고 있어.

단숨에 여기까지 쓴 뒤, 오바야시의 자리를 힐끔 보았다. 아무도 없는 빈자리, 창 너머로 보이는 오후의 파란 하늘……. 창문 너머로 햇살이 쏟아져 들어와 책상과 의자가 환하게 반짝였다. 하지만 오바야시의 자리는 텅 비어 있었다.

'오바야시, 넌 여기에 없구나.'

그런 생각을 했을 때 갑자기 오바야시의 자리가 교실 안에서 떡하니 입을 벌린 상처처럼 보였다.

순간, 내 문장이 너무도 뻔한 거짓말같이 여겨졌다. 사실 오바야시 이야기를 하는 사람은 아무도 없었다.

나는 허둥지둥 시선을 돌렸다.

'어차피 선생님이 시켜서 억지로 쓰는 편지잖아. 다른 애들도 대충 지어내서 쓰고 있을 거야.'

나는 편지를 다시 썼다.

안녕?

난 네가 빨리 학교에 나왔으면 좋겠어.

'이건 거짓말이야. 나는 한 번도 그런 생각을 한 적이 없어.'

거짓말을 쓴 문장을 지우개로 지웠다. 이 말도 거짓말 같고, 저 말도 거짓말 같고. 그런 생각을 하는데 손이 그만 뚝 멈췄다. 입을 떡 하니 벌린 상처 같은 자리에 보내는 편지……. 오늘따라 문장이 술술 나오지 않았다.

"다 쓴 사람은 선생님께 편지를 내 주세요."

그때 미야코의 또랑또랑한 목소리가 들렸다.

선생님이 덧붙여서 말했다.

"이번 시간 안에 다 쓰도록 해."

그 말이 떨어지자마자 아이들이 연필을 바쁘게 움직이기 시작했다. 그새 편지를 다 쓴 아이들은 선생님 앞으로 나가 한 줄로 늘어셨다.

선생님은 아이들에게서 편지를 건네받아 하나하나 읽어 보았다.

"그래, 됐어."

줄을 선 아이는 선생님의 이 한마디에 안심하는 표정을 지으며 자기 자리로 돌아갔다. 선생님이 커다란 봉투 안에 편지를 넣는 소리가 났다. 부스럭부스럭 종이 소리, 그리고 자리로 돌아가는 아이들의 타박타박 발소리…….

나는 주변을 둘러보았다. 아이들이 편지를 거의 다 쓴 것 같았다. 시계를 보았다. 시간이 별로 없었다.

'이제 하는 수 없다. 다른 때처럼 글짓기를 하자.'

손가락 위로 연필을 빙글 돌린 뒤, 나는 편지를 죽죽 써 나갔다.

잘 지내?

하늘이 참 예뻐.

집 안에만 있지 말고 바깥 공기를 쐬면 기운이 좀 날 거야.

어서 학교에 와. 네가 없으니까 쓸쓸해. 텅 빈 네 자리가 매일매일 신경 쓰여.

진심으로 걱정이 되어서 그래. 친구가 학교에 안 오는 게 이렇게 쓸쓸한 일인지 처음 알았어.

내가 널 위해 할 수 있는 일이 이렇게 편지를 쓰는 것밖에 없어서 정말 미안해. 학교에서 기다릴게.

—이가라시 후미카

금방 다 썼다.

나는 얼른 교단 앞으로 뛰어가 줄을 섰다. 잠시 후 내 차례가 되자, 선생님에게 조심스럽게 편지를 내밀었다. 내 눈앞에서 선생님이 편지를 읽었다. 선생님한테서 화장품 냄새가 났다.

나는 숨을 죽인 채 선생님을 가만히 바라보았다.

"그래, 됐어."

선생님은 내 편지를 커다란 봉투에 집어넣었다.

'아, 다행이야. 이게 바로 정답이었어.'

나는 숨을 크게 내쉬었다.

수업을 다 마친 뒤, 선생님과 반 친구들 모두 오바야시한테 편지를 전해 주러 갔다. 미야코가 선생님에게 부탁을 해서 다 같이 가게 된 건지도 모른다.

미야코는 반 친구들의 편지를 넣은 커다란 봉투를 들고 선생님과 나란히 앞서 걸어가고 있었다. 그 뒤에는 미야코 친구들이 왁자지

껄하게 떠들면서 걸어갔다. 이어서 오바야시하고 자주 어울리던 나카타니와 몇몇 친구들이 뒤를 따랐다. 나는 나머지 아이들과 뒤섞인 채 우미와 같이 천천히 걸어갔다.

"완전 오버야."

우미는 못마땅한 듯 눈을 가늘게 뜨며 주변을 둘러보았다. 그러고는 머리를 묶고 있던 분홍색 머리끈을 빼서 손목에 끼웠다가 머리를 묶었다가를 반복했다.

나도 마음이 가라앉지 않았다. 병아리 떼처럼 줄줄이 걸어가는 우리를 누군가 창문 너머로 내다본다면 어떤 생각을 하게 될까? 나는 괜히 창피했다.

오바야시네 집은 학교에서 십 분 정도 떨어진 주택가에 있었다.

이층집으로 현관문 주변에 놓인 제라늄 화분에는 빨간 꽃과 흰 꽃, 갈색으로 시든 꽃이 섞여 있었다.

'여기가 오바야시네 집이구나…….'

이층 창문을 올려다보았다. 창문은 꽉 닫혀 있었고 갈색 커튼이 쳐져 있었다. 은색 우편함은 먼지를 잔뜩 뒤집어쓰고 있었으며, 갈색 문패는 이리저리 금이 가 있었다.

선생님은 아이들이 오바야시네 집 앞에 모두 도착하기를 기다렸다가 천천히 초인종을 눌렀다. 선생님이 곧 인터폰에 대고 뭐라고 말하자 이내 문이 열렸다. 곧이어 색 바랜 갈색 티셔츠와 감색 치마를 입은 오바야시 엄마가 맨발에 갈색 샌들을 신고 밖으로 나왔다.

"안녕하세요."

오바야시 엄마는 머리를 깊숙이 숙여 인사했다. 그 반동으로 검은색 머리끈으로 질끈 동여맨 머리칼이 어깨에 걸렸다. 까만색 머리칼에 새치가 몇 가닥 섞여 있었다.

선생님이 오바야시 엄마와 무언가 한참 동안 이야기를 나누었다. 오바야시 엄마는 연방 고개를 조아리면서 선생님의 질문에 공손하게 대답했다.

이윽고 선생님은 미야코에게서 반 친구들의 편지를 담은 봉투를 받아 오바야시 엄마에게 건넸다. 오바야시 엄마는 마치 고귀한 선물이라도 되는 듯 봉투를 가슴에 꽉 끌어안았다. 그리고 우리 쪽을 천천히 둘러보았다.

"정말 고맙구나."

오바야시 엄마는 우리한테도 일일이 머리를 숙였다.

그때 선생님이 신호를 보내듯 우리를 돌아보았다. 그리고 오바야시 엄마에게 머리를 숙여 인사를 했다. 우리도 따라서 머리를 숙였다. 언제쯤 머리를 들어야 할지 몰라 주위를 힐끔 보았다. 잠시 후 모두 머리를 드는 것 같기에 나도 슬그머니 몸을 바로 했다.

선생님은 다시 오바야시 엄마와 얼마간 이야기를 나눴다. 오바야시 엄마 뒤로 빨간색 제라늄 화분이 보였다.

한참 만에야 이야기가 끝났는지, 선생님이 오바야시 엄마에게 작별 인사를 건넸다.

"그럼 이만 가 보겠습니다. 안녕히 계세요."

"선생님!"

그때 미야코가 다급히 선생님을 불렀다.

"왜 그러니, 미야코?"

"아, 아무것도 아니에요."

미야코는 갑자기 말문을 닫았다. 왠지 하고 싶은 말을 꾹 참는 것 같았다.

우리는 차례로 발길을 돌려 반대편으로 걷기 시작했다. 오바야시 엄마는 오래도록 문간에 서서 배웅을 하였다.

"이게 뭐야? 진짜 허무해."

우미가 머리카락을 손가락에 돌돌 감으면서 투덜거렸다.

"정말 편지를 전해 주는 게 다였잖아."

나도 시큰둥한 목소리로 맞장구를 쳤다.

나하고 우미는 걸음이 늦었다. 모두들 훨씬 앞서 걸어가고 있었다. 얼마나 걸었을까? 막 주택가 앞의 횡단보도까지 왔을 때였다.

"앗, 머리끈이 없어."

우미가 당황스런 얼굴로 소리쳤다.

나는 눈을 동그랗게 뜨면서 큰 소리로 물었다.

"왜 그래?"

우미가 몸을 홱 틀었다.

"분홍색 머리끈을 어디엔가 떨어뜨렸나 봐. 분명 오바야시네 집 근처에 떨어뜨렸을 거야. 얼른 갔다 올게."

우미가 별안간 뒤로 돌아 후다닥 뛰어갔다.

"같이 가."

나는 이렇게 소리치며 우미를 황급히 뒤쫓아갔다.

우리는 곧 오바야시네 집 근처까지 갔다. 저만치에서 오바야시 엄마가 편지가 든 봉투를 안고 서 있는 모습이 보였다. 뜻밖에도 그 앞에는 미야코와 친구들이 서 있었다.

'엇? 미야코잖아. 맨 앞에서 걸어갔던 것 같은데, 언제 되돌아온 거지?'

"저기 있다."

우미가 앞으로 냅다 뛰어갔다. 하필이면 분홍색 머리끈이 미야코와 친구들 발 근처에 떨어져 있었다. 이윽고 우미가 머리끈을 집어

드는 모습이 보였다. 나도 서둘러 우미 옆으로 뛰어갔다.

"그러니까…… 오바야시를 만나게 해 주세요."

미야코의 목소리가 또렷하게 들렸다. 그 순간, 왠지 모르게 가슴이 쿵 내려앉았다.

미야코와 친구들이 오바야시 엄마와 마주 서 있었다.

"왜 못 만나게 하시는데요?"

미야코의 목소리가 사뭇 거칠어졌다. 오바야시 엄마는 마치 큰 잘못을 저지르기라도 한 것마냥 고개를 푹 숙였다. 그리고 속으로 다 기어 들어가는 목소리로 웅얼거렸다.

"오늘은 좀 그런데……. 인사는 다음에 하면 안 되겠니?"

"저희는 오바야시를 위해서 정성스레 편지를 써 가지고 여기까지 왔다고요."

미야코가 똑똑 끊어지는 목소리로 따지듯 말했다.

"그래, 알아. 진심으로 고마워하고 있어. 근데 미안해서 어쩌니? 지금은 좀……."

오바야시 엄마는 상냥하게 웃으려 애를 쓰는 듯이 보였다. 눈꼬리에 깊이 파인 주름이 가느다랗게 떨렸다.

"저희 모두 오바야시가 걱정되어서 찾아온 거예요."

미야코의 친구 중 한 명이 나서서 거들었다.

오바야시 엄마는 미안해, 라고 거듭 말하면서 어찌할 바를 몰라 했다. 미야코와 친구들이 오바야시 엄마더러 억지로 사과를 하게 만들고 있는 듯한 기분이 들었다.

"어떡하지? 저거, 말려야 하는 거 아냐?"

우미가 나를 돌아보며 중얼거렸다. 나는 고개를 끄덕였다.

'근데 어떻게 말리지?'

이런 상황에서 괜히 나섰다간 나중에 학교에서 보복을 당할 수도 있었다.

미야코 친구 중 한 명이 또다시 말했다.

"잠깐 나와서 얼굴 좀 보는 게 어때서요? 다 같은 반 친구들인데."

"그러게, 여기까지 이렇게 찾아와 줬는데……. 정말 미안해."

오바야시 엄마는 거의 울 듯한 목소리로 이렇게 말하더니 또 한 번 머리를 깊숙이 숙였다.

"너네, 뭐 하냐?"

그때 낯익은 목소리가 들렸다. 나카타니였다. 그런데 미야코와 친구들한테가 아니라 나하고 우미한테 건넨 말인 듯했다.

"나카타니, 너야말로 왜 여기에 있어?"

내가 깜짝 놀라 물었다.

"응, 그냥 좀."

나카타니는 슬그머니 시선을 피했다. 뭔가 이유가 있는 듯이 느껴졌다.

"뭔데 그래?"

내가 다그쳐 물었다.

"어휴, 쟤들이나 좀 말려야겠다."

나카타니는 내 물음에는 대답을 하지 않고, 미야코와 친구들 쪽으로 성큼 다가갔다.

"나카타니 혼자 나서게 하면 안 될 것 같은데."

우미가 입술을 꽉 깨물더니 나카타니를 따라 슬금슬금 미야코와 친구들 쪽으로 다가갔다.

'그래, 우미 말이 맞아…….'

나도 머뭇머뭇하면서 그쪽으로 어기적어기적 걸음을 옮겼다.

"너네, 뭐야?"

미야코가 나카타니의 목소리에 고개를 확 돌리더니 다짜고짜 우리를 매섭게 노려보았다.

"그만둬. 뭐 하는 짓이야?"

나카타니가 미야코를 향해 소리쳤다.

"다 오바야시를 위해서 그러는 거야."

미야코가 지지 않고 맞받아쳤다.

그때 이 살벌한 공기를 툭 가르는 듯한 소리가 들렸다.

"돌아가."

오바야시의 목소리인가, 하고 위를 올려다보는 순간 하늘에서 물벼락이 떨어졌다. 이어서 철퍽, 하고 소리가 나더니 물이 사방으로 튀었다. 그 서슬에 물줄기가 뺨으로 튀었다. 차가웠다. 그리고 통증이 느껴질 정도로 아팠다.

물벼락은 미야코와 친구들 머리 위로 정확히 떨어졌다. 그 바람에 한바탕 소동이 일었다.

나는 얼른 이층을 올려다보았다. 이층 창문에 연푸른빛의 커다란 바가지를 든 손이 보였다. 곧바로 바가지는 안으로 사라졌고, 이내 창문이 닫히더니 커튼이 내려졌다.

"어머, 얘! 이게 무슨 짓이니?"

오바야시 엄마는 당황한 나머지, 반 친구들의 편지가 든 봉투를 제라늄 화분 옆에 내려놓고는 서둘러 집 안으로 뛰어 들어갔다. 그와 동시에 문이 쾅 닫혔다.

미야코는 머리에서 물을 뚝뚝 떨어뜨린 채 똑바로 서서 이층 창문을 노려보았다. 흠뻑 젖었는데도 얼굴색 하나 변하지 않았다. 다른 친구들은 연방 "어떡해. 다 젖었어." 하고 짜증이 가득 배인 목소리로 소리치며 허둥거렸다.

"오바야시, 기운이 아주 펄펄 넘치나 봐."

우미가 고소하다는 듯 활기찬 목소리로 말했다.

"열받아서 저러는 거 아닌가?"

나카타니는 이렇게 중얼거리면서 이마에 흘러내리는 물을 손등으로 훔쳤다.

미야코는 아무 말도 하지 않은 채 몸을 홱 틀더니 곧장 앞으로 걸어갔다. 친구들이 허겁지겁 그 뒤를 쫓아갔다.

마침 그때, 문이 열리면서 오바야시 엄마가 수건을 여러 장 챙겨 들고 밖으로 나왔다. 그러고는 어쩔 줄 몰라 하며 나와 우미, 나카타니한테 수건을 한 장씩 나눠 주었다. 한 번도 쓰지 않은 듯 새하얀 수건도 있었고, 축구팀의 로고가 새겨진 수건도 있었다. 나는 곰과 튤립이 수놓인 수건을 받아 들었다.

"나중에 빨아서 돌려 드릴게요."

내 말에 오바야시 엄마는 황급히 고개를 흔들었다.

"아니야, 괜찮아."

그러고는 손등으로 눈을 비비더니 "수건 더 가져올게." 하고 다시 집 안으로 들어갔다.

"이제 괜찮아요."

내가 등 뒤에 대고 소리쳤지만, 오바야시 엄마 귀에는 안 들리는 것 같았다. 곧 문이 쾅 닫혔다.

편지를 담은 봉투가 물에 젖은 채 제라늄 화분 옆에 내버려져 있었다. 나는 수건으로 머리를 닦으면서 봉투 쪽으로 다가갔다. 봉투를 손으로 집어 들자 물에 젖은 부분이 찢어지면서 편지가 우르르 바닥으로 떨어져 내렸다.

"어머나."

나는 깜짝 놀라며 편지를 허둥지둥 주워 들었다. 그걸 보고 우미와 나카타니가 달려와 편지 줍는 걸 도와주었다.

편지에 적힌 글들이 언뜻언뜻 보였다. 나는 편지를 정리하는 척하면서 얼른 읽어 내려갔다. 어차피 모두 대충 썼을 것이다. 나는 어떻게든 안심하고 싶었다. 한 장, 두 장……. 나는 편지를 손으로 재빨리 넘겼다.

-오바야시와 얘기해 보고 싶었는데, 지금까지는 그럴 기회가 없었어. 다음에는 꼭 얘기를 나눠 보자.

-잘 지내? 나는 그럭저럭 학교에 잘 다니고 있어.

-숙제할 때 네가 없어서 엄청 불편해. 빨리 학교에 나와서 나 좀 도와주면 안 돼?

나는 눈이 휘둥그레졌다.

'이게 뭐야? 모두들 꽤 자연스럽게 말을 건네고 있잖아.'

편지를 잘 못 써서 미안해. 너, 내 이름 알아? 이 편지를 보고 나서, 네가 내 이름을 기억해 주면 좋겠어.

— 우시지마 우미

우미가 쓴 편지에서는 아예 목소리가 들리는 듯했다.

'이건 거짓말을 쓴 게 아니야. 모두 자기 마음을 그대로 담은 것 같은걸.'

나는 순식간에 두 뺨이 뜨거워졌다.

"후미카가 쓴 편지다!"

우미가 편지 한 장을 손에 든 채 읽고 있었다. 순간, 등줄기가 오싹해졌다.

"안 돼, 읽지 마."

"후미카, 편지 정말 잘 썼는데? 역시나!"

"읽지 말라니까!"

나는 우미에게 달려가 편지를 빼앗았다.

"화났어?"

우미가 짐짓 입을 삐죽였다.

"화 안 났어."

목구멍에서 대답이 간신히 기어 나왔다. 나는 곧바로 우미한테서 떨어진 뒤 아무렇지도 않은 척하며 편지를 계속 주웠다.

거짓말로 쓴 편지가 이렇게 부끄러울 줄은 몰랐다. 모두들 편지에 마음을 담아 정성스레 썼는데, 나만 이렇게 건성으로…….

나는 뜨거워진 뺨을 손등으로 쓱쓱 문질렀다.

그때 주워 든 편지 중에서 미야코라는 글자가 보였다. 그런데 종이에 꽃다발 그림이 보이지 않았다. 맨 아래쪽에 '시도 미야코'라고 또렷하게 쓰여 있었다. 역시 미야코가 쓴 편지가 맞았다. 이 편지는 미야코가 몰래 따로 써서 봉투에 넣은 걸까?

미야코라면 편지를 나처럼 가짜 마음으로 썼을지도 모른다. 편지에 마음에도 없는 거짓 글들이 가득 적혀 있기를 바랐다. 나와 똑같이…….

정작 미야코의 편지는 딱 한 줄이었다.

슬퍼. 이겨 내. 이까짓 게 뭐라고.

미야코의 마음이 단박에 귓가에서 울려 퍼졌다.

이까짓 게 뭐라고.

미야코의 물기 어린 목소리가 이 한 줄 속에 고스란히 녹아들어 있었다. 나는 내 편지를 치마 주머니에 쑤셔 넣었다. 내 편지가 너무나 부끄러웠다. 편지를 다시 써야겠다는 생각이 들었다. 진심을 담아 새로 쓰고 싶었다.

"우미! 나, 편지 새로 쓸까 봐."

나는 쥐방울만 한 목소리로 말했다.

"왜? 잘 썼던데. 아깝잖아."

우미는 편지를 계속 주우면서 무심히 대답했다.

"그런 편지를 줄 순 없어."

나는 주머니 속의 편지를 손으로 꽉 움켜쥐었다.

그때 나카타니가 편의점 비닐봉지를 내게 내밀었다. 우리는 편지를 비닐봉지에 담은 뒤 오바야시네 집 현관문 손잡이에 걸어 두었다. 그 뒤로 오바야시 엄마는 다시 나오지 않았다. 현관 옆에 놓인 빨간 제라늄 꽃이 물에 젖어서 반짝 빛났다.

집에 돌아오자마자 오바야시한테 쓸 편지의 내용을 생각했다. 몇 번이나 종이에 글을 썼다가 지우기를 반복했다. 하지만 무슨 말을 써도 거짓말 같았다. 감상문이라면 거짓으로 술술 잘도 쓸 수 있는데, 마음이 제대로 담긴 편지를 쓰는 것은 정말이지 어려웠다.

'오바야시한테 제대로 된 진짜 편지를 써야 하는데.'

교실에 떡하니 입 벌린 상처처럼 널브러져 있는 오바야시 자리, 오바야시가 퍼부은 차가운 물의 통증, 반 친구들이 쓴 편지를 읽을 때의 부끄러움, 미야코의 편지에서 느낀 찡한 울림.

'진짜 편지를 써야 해.'

나는 샤프펜을 손에 꽉 쥐었다. "건강하니?"라고 썼다가 금방 지웠다.

'건강하면 학교에 왔겠지.'

정말로 많은 생각을 했다. 오늘 중에 꼭 편지를 완성하고 싶었다. 그렇지만 시간이 별로 없었다.

결국 딱 한 줄밖에 쓰지 못했다.

언젠가 제대로 된 편지를 쓸게.

—이가라시 후미카

아무리 봐도 이상한 편지였다. 전혀 잘 쓰지 못했다. 하지만 거짓말을 쓰지는 않았다.

'오늘은 제대로 못 썼지만 꼭 진짜 편지를 쓸 날이 올 거야.'

나는 편지를 물끄러미 바라보다가 정성들여 사각으로 접었다.

일층에서 생선구이 냄새가 올라왔다. 창문 너머로 보이는 하늘이 사뭇 어두웠다. 어느새 하늘에서 저녁놀이 사라지고 별 하나가 밝게 빛나고 있었다.

나는 계단을 천천히 걸어 내려갔다. 편의점에 다녀올게, 하고 부엌에 있는 엄마한테 소리친 뒤 샌들을 신고 현관문을 나섰다.

밤의 습기가 잎사귀에 스미는 냄새가 났다.

나는 오바야시네 집을 향해 자전거 페달을 힘차게 밟았다.

이메일 주소가 적힌 쪽지

04

다음 날 아침, 학교에 가는 길에 나는 일부러 멀리 돌아서 오바야시네 집 앞으로 지나갔다. 그리고 지난밤에 편지를 넣어 둔 은색 우편함 앞에 오도카니 섰다.

'오바야시가 편지를 읽었을까?'

이런 생각을 하면서 오바야시네 집 이층을 힐끔 올려다보았다. 좀 이상한 편지이긴 했지만, 처음에 대충 쓴 편지보다는 이걸 전하게 되어서 진심으로 다행이란 생각이 들었다. 적어도 부끄럽지는 않으니까.

아침 햇살이 눈부셨다. 눈을 가늘게 뜨고 이층을 다시 한 번 올려다보았다. 어제 차가운 물이 얼굴 위로 떨어져서 올려다보았을 때 갑자기 쾅, 하고 닫히던 이층 창문……. 저기가 오바야시 방인가?

창문의 갈색 커튼은 계속 내려져 있었다. 하늘은 파랗고 햇살은 눈부신데, 창가에는 그늘이 져 있었다. 마치 그곳에만 아침이 오지 않은 듯했다. 창문 안쪽에서 굳게 쳐 둔 갈색 커튼은 마치 바위로 만든 벽처럼 강하게 느껴졌다.

저 벽 너머에 반 친구들이 쓴 편지와 내 편지가 놓여 있는 걸까.

'그래, 반드시! 편지를 제대로 쓸 거야.'

나는 바위벽 같은 이층 창문을 올려다보며 다짐했다. 하지만 왠지 이런 다짐만으로는 부족한 느낌이 들었다.

그때 문득, 학기 초에 "친구들에게 서로 먼저 말을 건네 봅시다."라고 하던 담임 선생님의 말씀이 떠올랐다. 마치 누군가 어서 초인종을 눌러서 오바야시한테 말을 걸어 보라며 채근을 하는 것만 같았다.

"같은 반 친구잖니? 먼저 말을 건네 봐."

담임 선생님이 자주 하는 얘기였다.

눈앞에 오바야시네 집의 초인종이 보였다.

'싫어.'

나는 고개를 저었다. 내가 오바야시라면? 학교에도 안 나올 만큼

힘겨운데, 친하지도 않은 반 친구가 찾아와서 굳이굳이 불러내면 몹시 싫을 거야.

나는 오바야시네 집의 초인종에서 멀찌감치 떨어졌다. 혹시 미야코라면 초인종을 눌렀을까?

'나는 오바야시를 불러내고 싶은 게 아니야. 그렇다고 당장 학교에 같이 가고 싶은 것도 아니고…….'

그런 생각을 하면서 어제저녁에 편지를 넣어 둔 은색 우편함을 손끝으로 만지작거렸다. 우편함은 아침 이슬에 젖어 차갑고 축축한 데다 먼지가 끼어 까슬까슬했다.

손끝으로 별을 그렸다. 아침 이슬과 먼지로 연갈색 물줄기가 생기면서 제라늄 꽃잎보다 조금 더 큰 별 모양이 우편함에 또렷하게 나타났다.

'어라, 내가 지금 뭘 하는 거야?'

별 모양을 손가락으로 문질러 깨끗이 지우려다가 갑자기 생각이 바뀌어서 그대로 두었다.

비록 초인종을 누르진 않더라도 이 별은 지우고 싶지 않았다.

"……그래서, 그래서 있잖아."

나는 학교에 도착하자마자 우미 자리로 달려갔다. 그리고 학교

에 오면서 내내 생각했던 일을 단숨에 털어놓았다.

응, 응, 하고 우미는 고개를 연방 끄떡이며 가만히 듣고 있다가 내 이야기가 모두 끝나자 살며시 웃으며 말했다.

"미안, 후미카. 무슨 말인지 전혀 못 알아듣겠어."

우미의 곱슬머리가 부드럽게 흔들렸다.

나는 하고 싶은 말을 머릿속으로 정리한 뒤 간단하게 말했다.

"그러니까 제대로 된 편지를 쓸 때까지 날마다 오바야시네 집 우편함에 별을 그려 놓는 거야."

"후미카, 그건 좀 이상하지 않니?"

우미가 소리내어 깔깔 웃었다.

"사랑을 한다면 조금 더 여자애답게……. 아니지, 적어도 이성적으로 행동하는 편이 좋지 않겠어?"

우미는 손가락으로 머리칼을 슥슥 빗어 내렸다.

"사랑이라니?"

나는 눈이 휘둥그레졌다.

"너, 오바야시 좋아하는 거 아냐?"

"뭐?"

"어제저녁에 오바야시한테 연애편지 주러 갔다던데?"

"누가 그래?"

"나카타니."

"엣?"

나는 눈살을 확 찌푸리며 교실을 둘러보았다. 대체 어쩌다 그런 소문이 난 거지?

나카타니는 남자아이들 몇 명과 섞인 채 즐겁게 이야기를 나누고 있었다. 내가 계속 쳐다보자 뒤통수가 따가웠는지 이쪽을 돌아보았다. 나는 재빠르게 손짓을 했다.

"나카타니!"

"네, 네, 왜 그러세요?"

나카타니는 밝고 상냥한 목소리로 대답하면서 이쪽으로 성큼성큼 다가왔다. 하지만 속으로는 경계를 하고 있는지, 입과 눈이 전혀 웃고 있지 않았다.

나는 나카타니를 빤히 올려다보았다.

"내가 오바야시한테 연애편지를 줬다는 게 무슨 말이야?"

"그야 오바야시가……."

나카타니가 머리를 긁적였다.

'오바야시가?'

나는 고개를 갸웃했다. 우미 역시 뜻밖이라는 듯 이렇게 물었다.

"너, 오바야시랑 연락하니?"

"응, 가끔. 걔가 문자 메시지에 답할 때만."

나카타니는 머리를 긁적이면서 멋쩍은 얼굴로 대답했다.

그제야 생각이 났다. 그러고 보니 어제 오바야시네 집 앞에서 마주쳤을 때, 나카타니는 "응, 그냥 좀." 하고 얼버무렸다.

우미가 또다시 물었다.

"오바야시는 잘 지내?"

"몰라. 그 녀석이 문자를 워낙 잘 씹어서."

나카타니는 천장을 올려다보았다. 나는 다른 이야기로 넘어가기 전에 잽싸게 물었다.

"근데 내가 왜 연애편지를 쓴 걸로 된 거야?"

그건, 하고 나카타니는 또다시 머리를 긁적였다

"문자 메시지에서 후미카한테 편지를 받았다고 했으니까. 근데 편지 내용은 말을 안 해 주잖아."

'아, 오바야시가 편지를 읽었구나.'

나는 속으로 중얼거렸다.

"걔 성격으로 볼 때 편지를 받아 놓고 내용을 말 안 하는 건 있을 수 없는 일이야."

"편지 내용을 설명하기가 어려워서 그런 게 아닐까?"

나는 이렇게 말하면서 편지에 쓴 내용을 떠올렸다.

"문자 메시지에 반 친구 이름이 나온 것도 처음이고."

나카타니가 툭 던지듯 말했다.

"그렇구나."

"뭐라고 썼는데 그러냐?"

나카타니가 궁금하다는 듯 두 눈을 반짝이며 내게 물었다.

"으음, 그건."

나는 대답하기가 무척 곤란했다.

언젠가 제대로 된 편지를 쓸게.

이 말밖에 없는 이상한 편지였다고는 말하고 싶지 않았다.

"비밀? 응, 비밀이야?"

우미가 장난기 가득한 눈빛으로 물었다.

"그만 좀 해. 그게 왜 좋아한다는 얘기로 변한 건지……."

나는 괜스레 우미에게 투덜거렸다. 하지만 우미는 이 상황이 몹시 재미있는지 여전히 싱글벙글 웃고 있었다.

"그럼 오바야시가 싫은 거야?"

"싫지도 않고 좋지도 않아. 네 마음대로 정하지 마."

나는 손으로 책상을 쾅, 하고 치면서 일부러 노려보았다.

"에잇, 난 또……."

우미는 고개를 갸웃거리며 실망스런 표정을 지었다.

"나카타니, 후미카가 아니라잖아."

"그럼 그렇지. 나도 어쩐지 이상하더라니……."

나카타니가 말했다.

"난 오바야시가 미야코를 좋아한다고 생각했거든."

"미야코를?"

나는 눈을 둥그렇게 치켜떴다. 우미는 "정말?" 하고서 깜짝 놀란 듯 두 손을 입으로 가져갔다.

"걔네들 소꿉친구야."

나카타니는 아무 일도 아니라는 듯 가볍게 말했다.

"어린이집에 다닐 때부터 알고 지냈대. 에잇, 뭐 어때? 후미카, 이거."

나카타니는 윗주머니에서 종이를 한 장 꺼내더니 나한테 불쑥 내밀었다. 수첩의 점선을 따라 찢은 듯이 뵈는 노란색 메모지였다.

"이게 뭐야?"

"오바야시 메일 주소."

나카타니는 이렇게 말하고는 내 손바닥 위에 메모지를 턱 올려놓았다.

"메일 주소? 이메일 주소 말하는 거야?"

나카타니가 손을 떼는 순간, 내 손바닥에서 메모지가 바닥으로 툭 떨어지려 하였다. 나는 메모지를 허둥지둥 움켜잡았다.

"이걸 왜 나한테 줘?"

"오바야시 문자 메시지에 후미카 네 이름이 있었으니까."

"그래서?"

나는 놀란 눈으로 물었다.

"오바야시 문자 메시지에 학교 얘기가 나온 적이 거의 없어."

"그게 나랑 무슨 상관이야?"

나카타니는 나를 빤히 바라보다가 이렇게 말했다.

"너하고 아무 상관 없으면 그 메일 주소 버려."

왠지 말투가 거칠었다. 나는 어색해진 나머지, 메모지를 물끄러미 내려다보았다. 마치 인쇄라도 한 양 반듯한 글씨로 이메일 주소가 또박또박 적혀 있었다.

그때 마침 종소리가 울렸다.

나카타니는 말없이 쿵쿵 발소리를 내며 자기 자리로 돌아갔다.

"재, 왜 저래?"

우미는 눈을 동그랗게 뜨고 물었다.

나는 조그만 소리로 웅얼거렸다.

"제아무리 메일 주소가 있어도 제대로 된 편지를 쓸 수가 없어. 오바야시랑 한 번도 얘기를 나눠 본 적이 없으니까."

그 순간, 손에 쥔 메모지 한 장이 너무나 무겁게 느껴졌다.

"너하고 아무 상관 없으면 그 메일 주소 버려."

나카타니의 목소리가 귀에서 쟁쟁 울리는 듯했다.

'아, 어떡하지?'

나는 공책 사이에 메모지를 끼워 놓았다. 수업 시간 내내 오바야시의 이메일 주소가 머릿속을 떠나지 않았다. 그러다 문득 좋은 방법이 생각났다.

'오바야시는 미야코를 좋아한다고 했어. 그렇다면 이 메모지는 미야코가 가지는 편이 나아.'

오바야시도 미야코가 메일을 보내면 분명히 기뻐할 터였다. 그리고 무엇보다 미야코라면 제대로 된 메일을 쓸 수 있을 것이었다.

'그래, 맞아. 난 오바야시와 얘기도 나눠 본 적 없는데. 미야코가 분명히 더 나아.'

미야코는 얼굴도 참 예뻤다. 어깨 위로 가지런히 내려오는 까만 머리칼에 분홍빛의 투명하고 하얀 피부가 매우 잘 어울렸다. 몸매가 가늘고 가슴은 별로 없었지만, 허리는 잘록해서 스타일이 꽤 멋

있는 편이었다.

하지만 말투가 워낙 딱 부러지는 데다, 공부나 운동을 못하거나 눈치가 없는 아이를 노골적으로 싫어했다.

미야코와 어울리는 아이들도 모두 예뻤다. 그리고 미야코처럼 하나같이 성격이 딱 부러져 보였다. 미야코와 친구들 옆으로 다가가 말이라도 걸라치면 저절로 바짝 긴장이 되었다.

나는 고민하고 고민한 끝에 쉬는 시간이 되자마자 미야코 자리로 다가갔다. 미야코 책상 위에 메모지를 내려놓자, 단정하게 손질한 눈썹을 찡그리며 나를 빤히 올려다보았다.

"이게 뭐야?"

"나카타니가 줬어. 오바야시 메일 주소……래."

"그래."

역시나 미야코는 쌀쌀맞았다.

나는 불편한 마음을 누르며 어렵사리 입을 열었다.

"네가 가지는 게 나을 것 같아서."

"왜?"

그 물음에는 입장이 다소 곤란했다. 나카타니가 했던 말을 그대로 옮길 수는 없으니까. 오바야시가 미야코를 좋아하는 것 같다고 했던가.

뭐라고 말해야 할지 몰라서 우물쭈물하는데, 미야코가 갑자기 메모지를 집어서 손톱으로 휙 튕겼다. 탁 탁. 손끝에 짜증이 잔뜩 묻어나고 있었다.

"바보."

미야코가 조그맣게 중얼거렸다. 그리고 곧장 휴, 하고 한숨을 내쉬었다.

"고마워. 좋은 생각이 났어. 이거, 아주 잘 쓸 수 있을 것 같아."

미야코는 메모지를 튕기던 손짓을 멈추고 갑자기 후훗, 하고 웃었다. 그 모습이 하도 당황스러워서 나도 모르게 불쑥 물었다.

"무슨 생각?"

"반 친구들이 모두 이 메일 주소로 오바야시한테 편지를 쓰는 거야. 어차피 이메일 주소잖아. 심지어 날마다 보낼 수도 있어."

미야코가 설핏 미소를 지었다.

순간, 나는 등줄기가 오싹해졌다.

"이 메일 주소는 그러라는 게 아니야."

나는 쿵, 하고 발을 내딛으면서 미야코에게서 메모지를 휙 빼앗았다. 아얏, 하고 미야코가 조그맣게 비명을 질렀다.

"미안."

나는 깜짝 놀라 얼른 사과했다.

"됐어, 상관 마."

미야코는 새끼손가락을 다른 손으로 꾹꾹 눌렀다. 내가 빼앗을 때 메모지에 손을 베인 모양이었다.

"미안해……."

"됐다니까."

미야코가 쌀쌀맞게 말했다.

나는 한껏 용기를 내어 말을 내뱉었다.

"메일 주소 너한테 안 줘. 안 줄 거야."

미야코는 아무 말도 하지 않았다.

"안 줘."

나는 다시 한 번 강조하듯 말했다.

미야코는 끝내 아무 말이 없었다.

그날 저녁, 나는 엄마한테 거실에 있는 컴퓨터를 쓰게 해 달라고 부탁했다.

"왜? 메일 쓰게?"

엄마는 친절하게도 컴퓨터 전원을 직접 켜 주며 앞치마를 허리에 둘렀다. 주머니에 둥글게 자수를 놓은 빨간색 나비 문양과 하얀색 꽃이 눈에 띄었다.

컴퓨터 화면에 전원이 들어오자, 아빠가 찍은 파란 하늘 사진이 펼쳐졌다. 나는 곧장 구글로 들어가 메일을 클릭했다. 이내 하얀색 화면이 나타났다.

하얀색 화면이 마치 "자, 어서 써." 하고 말하듯 환하게 빛나고 있었다.

'알아, 안다니까.'

나는 '메일 쓰기'를 클릭한 뒤, 키보드 소리를 타다닥 내면서 '받는 사람'에 오바야시의 메일 주소를 입력했다. 이제 보내기 버튼을 누르기만 하면 오바야시의 컴퓨터에 도착할 터였다.

'메일을 보내는 건 꽤 용기가 필요한 일 같아.'

컴퓨터의 하얀 화면과 마주하고서 새삼스럽게 그 사실을 깨달았다. 보내기 버튼 하나로 오바야시네 집까지 순식간에 날아갈 수 있다니. 마치 남의 집 마당에 편지를 휙 던져 넣는 것과 같은 기분이 느껴졌다.

아니, 어쩌면 화살 편지인가. 화살에 편지를 매달아서 성 안을 향해 활을 쏘는 것과 비슷했다.

키보드를 두드리자 하얀 화면에 글자가 하나씩 나타났다.

'뭐라고 쓰면 좋을까.'

키보드를 눌러 화면 속의 글자를 지웠다.

'미야코라면 뭐라고 쓸까.'

그때 엄마가 옆으로 다가왔다. 김이 나는 커피잔을 손에 들고 있었다.

"엄마, 나도……."

"아직 커피는 안 돼."

"조금도 안 돼?"

"커피 세 방울 정도는 윤허하겠소이다."

엄마가 깔깔 웃으면서 말했다.

아이참, 또 시작이야. 엄마가 즐기는 사극 따라 하기 놀이다!

요즘 엄마는 갑옷을 입은 장군들이 나오는 사극에 푹 빠져 있었다. 그 드라마와 관련 있는 책과 잡지를 모으는 것을 넘어 앞치마에 수까지 놓기 시작했다.

심지어 다시 보기를 하루에도 몇 번씩 하는 바람에 나까지도 자연스럽게 옛날 말투를 익히게 되었다.

"커피 세 방울, 참으로 황감하옵니다."

나는 커피잔을 건네받은 뒤 단숨에 한 모금을 넘겼다.

"어머, 커피 엄청 잘 마시는구나."

엄마가 활짝 웃으며 말했다.

"더 마실래? 아니지, 낭자와 얘기를 더 나누고 싶소이다."

"아니 되옵니다. ……아니, 무리 무리! 더는 못해."

나는 두 팔을 들면서 항복 자세를 취했다.

아쉽네, 하고 말하면서도 엄마 얼굴에는 흐뭇한 기운이 서려 있었다. 겨우 한두 마디, 엄마를 위해 장단을 맞춰 준 것뿐인데, 그것이 그토록 기분이 좋아지게 만드는 걸까.

"뭐가 고민인지 말해 봐. 엄마가 도와줄게, 후미카."

엄마는 컴퓨터 옆에 커피잔을 내려놓았다.

나는 솔직히 얘기했다.

"반 친구한테 메일을 쓰려고 하는데 뭐라고 써야 좋을지 도저히 모르겠어."

"딱히 할 말이 없어서가 아닐까?"

엄마는 아주 간단하게 말했다.

순간, 쿵 하고 가슴이 울렸다.

'그래, 맞아. 이렇게 당연한 걸 왜 여태껏 생각 못 했지? 난 오바야시한테 할 말이 없어…….'

글짓기를 할 때는 뭐든 지어내서 쓸 수 있다. 하지만 아는 사람에게는 할 말이 없으면 아무 말도 못 하게 되는 모양이다.

나는 자리에서 일어났다. 몸이 무진장 무거웠다.

"어마마마, 컴퓨터는 이제 됐사옵니다."

"그만두겠다는 거니?"

"쓸 말이 없사옵니다."

마음이 점점 더 가라앉았지만, 사극 말투는 전에 없이 입에서 술술 잘도 흘러나왔다.

"정히 그렇다면 어찌할 방도가 없구려."

엄마는 이렇게 말하고는 의자에 바로 앉았다.

"어찌할 방도가 없구려, 라는 게 무슨 뜻이야?"

"하는 수 없구나, 라는 거야."

엄마는 컴퓨터 화면을 바꾸었다.

'그래, 그렇지. 쓸 말이 없잖아. 하는 수 없지.'

나는 한숨을 폭 내쉬었다.

"누구한테 메일을 쓰려고 한 거니? 후미카."

엄마가 물었다.

"반 친구한테 편지를 쓰겠다고 했거든."

말을 하면서도 뭔가 딱 맞지 않는다는 생각이 들었다.

오바야시네 집 이층에서 쏟아진 차갑고 아팠던 물벼락, 그 애에게 편지를 대충 쓴 것이 창피하게 느껴졌던 일.

"아무 상관 없으면 그 메일 주소 버려."

그리고 나카타니의 싸늘한 목소리, 제대로 편지를 쓰고 싶은 내 마음.

"편지를 제대로 쓰고 싶어서였나?"

다시 말해 보았다. 그것도 딱 맞는 표현은 아닌 것 같았다.

대체 제대로 된 편지라는 게 뭘까?

웬 잘난 척?

05

다음 날 아침, 나는 힘차게 교실로 들어가서 곧장 미야코 자리로 갔다.

"미야코, 잠깐만."

미야코는 언제나처럼 친구들에게 둘러싸여 수다를 떨고 있었다. 나는 미야코의 소매를 잡아끌면서 복도로 데리고 나갔다.

"뭐야?"

미야코가 입술을 삐죽였다.

나는 미야코에게 메모지를 보여 주었다.

"아아, 어제 그거?"

미야코의 목소리가 갑자기 냉랭해졌다.

"할 말이 뭔데?"

"네가 오바야시한테 메일을 쓴다고 하면 이 메일 주소를 주려고……."

내가 말했다.

싫다고 바로 거절할 줄 알았는데, 뜻밖에도 미야코는 아무 대답이 없었다.

'왜 그러지?'

미야코는 무슨 일에든 언제나 척척 대답을 잘한다고 생각했다.

나는 다시 조심스럽게 말했다.

"네가 메일을 보내는 게 더 좋지 않을까 해서……."

"후미카, 네가 보내면 되잖아."

이번에는 미야코답게 칼같이 딱 자르는 대답이 돌아왔다.

나는 눈살을 찌푸렸다.

"나는 편지를 제대로 못 써서."

"그럼 나더러 제대로 편지를 쓰라고? 제대로라는 게 뭔데?"

미야코는 서슴지 않고 쏘아붙였다. 미리 각오를 했는데도 화살이 마음에 와서 콕 하고 꽂혔다.

미야코가 덧붙였다.

"웬 잘난 척? 쓰고 싶으면 네가 하면 되잖아."

'잘난 척하는 거 아니야.'

나는 속으로 중얼거렸다.

"생각나는 말이 없어."

"지금 도망치는 거야?"

미야코의 목소리가 낮아졌다.

'도망?'

도망친다는 생각은 한 번도 해 본 적이 없었다. 그저 오바야시를 잘 아는 미야코가 메일을 보내면 제대로 쓸 수 있겠다는 생각이 들었을 뿐……. 근데 그게 도망치는 거라고?

복도의 창밖으로 파란 하늘이 보였다.

'아아, 싫다. 그냥 돌아가고 싶어. 미야코한테 괜히 말을 꺼냈어.'

미야코가 계속 말을 이었다.

"후미카, 그 메모지 나카타니가 줬다고 했지?"

"응."

"나카타니는 오바야시 절친이야."

"알아."

미야코는 눈썹을 추켜올렸다.

"네가 메일 주소를 받아 놓고서 그걸 나한테 주면 어쩌겠다는 거야? 네가 받았으니까 끝까지 확실하게 책임져."

미야코의 목소리가 귀에 날아와 따끔하게 꽂혔다.

'아프다. 미야코가 하는 말은 왜 이렇게 항상 아플까? 비명처럼 뭔가가 저릿하게 울린다. 늘 왜 이런 식으로 말할까? 더 부드럽게 말할 수도 있잖아.'

그런 생각을 하고 있을 때, 불현듯 미야코가 한 말이 귓가에서 울렸다.

"웬 잘난 척? 쓰고 싶으면 네가 하면 되잖아."

그제야 나는 깨달았다.

'그건 혹시 미야코가 나한테서 듣고 싶은 말이 아니었을까? 오바야시한테 메일을 쓰고 싶다고 솔직하게 말할 수 없어서.'

나는 미야코를 물끄러미 바라보았다.

미야코 뒤쪽에 있는 복도 창문 너머로 파란 하늘이 있었다.

내가 말했다.

"너도 쓰면 되잖아."

"그건 좀 아닌……."

미야코는 이렇게 받아치려다가 입을 꾹 다물었다. 어깨 위로 가지런히 흘러내린 머리칼이 조금 흔들렸다.

"줘 봐."

미야코가 중얼거렸다. 그리고 내 손에서 메모지를 빼앗다시피

해서 가져갔다.

"메일 보낼게. 너도 오바야시한테 꼭 써. 알았지?"

나는 고개를 끄덕였다. 그리고 용기를 내어 큰 소리로 물었다.

"우리 반에 이 메일 주소 안 돌릴 거지?"

"안 돌려."

미야코는 또다시 눈썹을 추켜올렸다.

"메일 주소를 수첩에 옮겨 적은 다음에 다시 돌려줄게. 그리고 나카타니한테는 내가 말할 테니까 넌 가만히 있어."

미야코는 단숨에 말하더니 교실로 휙 돌아갔다.

거짓말

06

눈앞에 컴퓨터가 켜져 있었고, 화면에는 파란 하늘이 펼쳐져 있다. 아빠가 찍은 파란 하늘 사진을 컴퓨터 배경화면으로 설정해 두었기 때문이다.

나는 구글에 접속했다. 메일 주소를 입력하는 칸은 가늘고 좁은데, 메일을 쓰는 공간은 너무나 넓디넓었다.

오바야시, 안녕.

건강은 어때?

일단 이렇게 쳐 봤다.

'건강하면 학교에 벌써 나왔겠지.'

나는 두 손으로 턱을 괴었다.

걱정하고 있어.

그렇게 쳤다.

'정말? 걱정해?'

나는 도저히 견딜 수가 없어서 그 문장을 휙 지웠다.

'미안. 그런 말을 할 정도로 걱정하지는 않았던 거 같아.'

한숨이 폭 새어 나왔다.

종이에 쓰는 글과 달리, 컴퓨터는 하얀 화면 너머에서 오바야시가 이쪽을 바라보며 앉아 있는 듯한 느낌이 들었다. 그리고 내가 뭘 쓰는지 훤히 들여다보고 있는 것만 같았다.

'아아, 못 쓰겠어. 한 줄도 못 쓰겠어.'

왜 이렇게 못 쓰는 걸까, 제대로 쓰고 싶은데.

썼다가 지우고 썼다가 지우고를 반복하다 보니, 이젠 무슨 말을 써도 거짓말처럼 느껴졌다.

오바야시와는 중학교에 와서 처음으로 같은 반이 되었다. 공부는 잘하지만 체육은 중간보다 아래쯤이고, 그런대로 잘생긴 얼굴이라고 생각했다. 반 친구들과 잘 어울렸기 때문에 별로 주의를 기울이지 않았다. 둘이서 이야기를 나눈 기억도 없었다.

'그런 남자애한테 뭘 쓰라고.'

나는 휴, 하고 한숨을 쉬었다.

오바야시네 집 이층에서 쏟아진 차가운 물과 통증, 그리고 부끄러움은 똑똑히 기억한다. ……그렇지만.

'편지 쓰겠다는 말을 괜히 했어. 게다가 미야코한테까지 약속을 왜 했는지.'

한 줄도 못 쓰는 내가 정말 싫었다. 이가라시 후미카는 세상에서 가장 형편없는 사람이네, 하고 컴퓨터의 하얀 화면이 비난하는 듯한 느낌이 들었다.

나는 마우스를 클릭해 메일 창을 닫았다. 하얀 화면이 눈앞에서 순식간에 사라졌다. 그러자 신기하게도 마음이 한결 놓여 기지개를 쭉 켰다.

참새가 지저귀었다. 창문으로 아침 햇살이 비쳐들고 있었다.

나는 엄마를 소리쳐 불렀다.

"메일, 다 썼니?"

엄마는 펼쳐 든 신문을 탁자 위에 내려놓았다. 자와 칼, 스크랩

북이 탁자 위에 어지럽게 널려 있었다. 신문에 연재되고 있는 역사 소설을 오려서 모아 두는 모양이었다.

"일부러 일찍 일어나기까지 했는데."

엄마는 자리에서 일어나 냉장고에서 우유를 꺼낸 뒤 유리잔에 조심조심 따랐다.

"너도 마실래?"

"응."

나는 엄마가 건네준 우유를 단숨에 마셨다. 개수대를 보자 아빠가 아침 식사를 한 접시와 컵이 들어 있었다. 아빠는 회사가 멀어서 아침 일찍 출근했다. 오늘은 인사를 했지만, 다른 때는 내가 일어나기도 전에 사라지고 없었다.

나는 빈 우윳잔을 컵과 포크 옆에 조심스럽게 내려놓았다.

"메일, 한 줄도 못 썼어."

나는 한숨을 쉬었다.

"숙제도 아닌데 뭘 그렇게 신경 써?"

엄마는 의자에 앉아서 천천히 우유를 마셨다.

"메일을 못 쓰잖아. 난 나쁜 애야."

"하고 싶은 말이 생기면 그때 쓰지 그러니?"

"학교에 계속 안 나오는 애한테 쓰는 거야."

"그거랑 억지로 메일 쓰는 거랑 무슨 상관인데?"

엄마는 이렇게 말하고는 자리에서 벌떡 일어났다.

"나와 그대가 무사라면, 정정당당히 승부를 겨루겠소."

엄마는 유리잔을 든 채 그 자리에서 춤추듯 빙그르르 돌더니, 세상의 오십 년은 천계의 시간과 비교하면…… 어쩌고저쩌고 중얼거렸다. 그러고는 냉장고에서 달걀을 꺼내 개수대 모서리에 탁 친 다음 프라이팬에 잽싸게 넣었다.

"후미카, 학교 갈 준비는 다 했니?"

엄마가 프라이팬의 달걀을 긴 젓가락으로 휘저었다. 기름이 튀는 소리가 들리더니 이내 달걀이 익는 냄새가 났다.

"아직."

나는 식빵을 꺼내 토스트기에 넣은 뒤 부엌에서 나왔다.

"가끔은 방도 좀 치우렴. 책상 위에 물건이 잔뜩 쌓여 있잖아. 안 쓰는 물건은 좀 버리고."

엄마 목소리가 프라이팬 속의 달걀이 기름에 튀는 소리와 뒤섞였다.

나는 퉁명스럽게 대꾸했다.

"엄마 방에도 안 쓰는 물건 많잖아."

"엄마가 좋아하는 물건들만 있어서 괜찮아."

엄마는 접시에 달걀 요리를 옮겨 담았다.

“게다가 하나같이 다 귀한 거거든. 역사 잡지 특집호와 특집 프로그램 녹화는 얼마나 귀한 건지 아니? 아아, 사적 그림엽서도. 현지에 안 가면 구할 수 없는 거야. 헌 책방에서 구한 책은 모두 절판된 거고. 대학 도서관에서 복사한 자료도 엄청 귀하고.”

엄마는 일단 말을 시작하면 멈출 줄을 모른다.

나는 엄마 방 책장에 꽂힌 사극 잡지와 관련 기사를 오려서 모아 둔 파일, 책장에 다 들어가지 못해 바닥에 아무렇게나 쌓여 있는 DVD 상자를 떠올렸다.

“역사 속 인물이라서 실제로 만나지 못해서 그러는 건지 그 사람에 대해 자꾸만 더 알고 싶어져.”

엄마는 사극 관련 책과 잡지가 늘어날 때마다 아빠와 나한테 군색하게 변명을 늘어놓았다.

엄마가 또 잔소리를 했다.

“네 방은 안 쓰는 물건까지 널려 있잖아. 필요 없는 물건은 제발 좀 갖다 버려.”

나는 머뭇머뭇하며 입을 열었다.

“괜찮아! 물건이 암만 많아도 어디에 뭐가 있는지 다 아니까!”

엄마가 아빠한테 늘어놓던 소리를 똑같이 해 보았다.

"후미카 씨."

엄마가 내 이름에 '씨' 자를 붙여서 불렀다. 프라이팬 모서리를 기다란 젓가락으로 탁탁 치면서. 음, 엄마를 화나게 했나?

손수건 두 장

07

나는 바닥에 쌓인 책과 잡지 더미가 무너지지 않게 발끝으로 조심스레 걸었다. 학교 갈 준비는 어제저녁에 다 해 두었다. 그래서 아침에는 오늘 사용할 손수건만 고르면 되었다.

옷장 서랍을 열었다. 손수건만 가득 들어 있었다. 가장 새 것은 지난봄에 중학생이 된 기념으로 우미와 선물 교환한 손수건이었다. 그리고 가장 오래된 것은 유치원 때 부적처럼 매일 가지고 다니던 손수건이었다. 안 쓴 지 꽤 오래되었다. 안 쓰는 건 제발 버리라는 엄마 말 속에는 이 손수건도 포함되리라.

"대체 언제까지 그런 걸 가지고 있을 거니?"

하면서 엄마가 버리려고 한 적이 벌써 여러 번이니까.

하지만 나는 끝내 버리지 않았다.

원래부터 나누는 것을 잘 못한다. 필요하다, 필요 없다. 이건 쓸 수 있다, 쓸 수 없다. 도움이 된다, 안 된다. 그렇게 이쪽저쪽으로 똑 부러지게 잘 나누지 못한다.

쓸 수 있다, 없다. 도움이 된다, 안 된다. 어떻게 그렇듯 딱딱 구분할 수 있는 걸까? 그런 식으로 고른 방법이 옳다는 것은 또 어떻게 알 수 있지?

선 하나를 사이에 두고 이쪽은 필요하다, 저쪽은 필요 없다고 나누고 나면 왠지 자꾸만 쓸쓸해진다.

어쨌든 오늘 사용할 손수건은 골라야 했다. 나는 서랍에서 가장 오른쪽에 있던 손수건을 꺼냈다. 한 장만 꺼내려고 했는데 두 장이 딸려 나왔다. 체크무늬 손수건과 파란색 손수건이었다.

체크무늬 손수건은 초등학교 1학년 때 할머니한테서 선물 받았다. 폭신폭신한 구름을 가느다란 리본으로 살포시 묶은 것처럼 보이는 손수건……. 파란색 손수건은 작년 겨울에 내 용돈으로 장만한 것이었다. 창문 너머로 보이는 오늘의 하늘과 똑같은 색이었다.

나는 손수건 두 장을 손에 꼭 쥐었다.

'못 고르겠어. 두 장 모두 가져가자.'

손수건 두 장을 치마 주머니에 넣었다.

학교에 도착해서 교실에 들어가려는데 복도 모퉁이에서 우미가 나한테 손짓을 했다.

우미한테로 다가가자 계단 옆에 나카타니와 미야코가 같이 있었다. 왜 그런지 세 사람 모두 눈살을 잔뜩 찌푸리고 있었다.

나는 우미 옆에 우뚝 섰다. 학교 건물의 가장 끝에 있는 곳이라 그런지 퀴퀴하게 곰팡이 냄새가 났다. 게다가 먼지가 많아서 조금만 움직여도 모래가 신발 바닥에서 버석거렸다.

"오바야시 일인데."

미야코가 먼저 입을 열었다. 목소리가 딱딱했다. 나카타니는 팔짱을 낀 채 고개를 저쪽으로 돌리고 있었다.

우미는 눈을 크게 뜨며 나한테 눈짓을 보냈다. '미야코가 끌어들였어.' 하고 말하려는 듯했다. '나까지 끌어 들이지 말지.' 하는 뜻으로 눈살을 찌푸리자, 우미는 어깨를 움츠리며 혀를 살짝 내밀었다.

"후미카, 오바야시한테 메일 썼어?"

미야코가 나를 보고 물었다.

"당연히 썼겠지?"

미야코의 까맣고 커다란 눈동자가 나를 빤히 바라보고 있었다. 내가 대답을 안 하자, 미야코의 단정한 눈썹 끝이 위로 점점 올라갔다. 금세 눈치챈 모양이었다.

"안 썼구나. 후미카, 왜 안 썼어? 같은 반 친구잖아."

"그건……."

"오바야시를 이대로 계속 내버려 둘 거야?"

내버려 둔다는 말이 가슴에 와서 콕 박혔다. 금세 눈물이 흐를 것만 같았다. 눈시울과 콧속이 뜨끈해졌다. 그러자 이상하게도 오바야시한테 아주 친절하게 대해야 용서받을 수 있을 것 같은 기분이 마음속에서 끓어올랐다. 손에 땀이 배었다.

"뭐지? 이 '친절하게 대해야 한다'는 느낌은……."

마음이 굉장히 불편했다.

"그러는 너는 메일 썼냐?"

팔짱을 끼고 있던 나카타니가 끼어들었다.

"썼어."

미야코는 바로 대답했다.

"근데 답장이 안 와."

"아, 답장이 안 왔구나."

우미가 눈치 없이 태평한 목소리로 중얼거렸다.

"뭐야?"

미야코가 우미를 노려보았다.

"그래서 우리 넷이서 뭔가를 했으면 좋겠어. 오바야시를 구원하기 위해서."

"구원?"

나카타니가 되물었다.

"그래, 구원해야 돼."

미야코가 반복해서 말했다.

오바야시를 구원한다는 미야코의 말이 귀에 자꾸 거슬렸다.

'왜지? 미야코는 좋은 말을 하려는 것 같은데.'

"왜 우리 넷이어야 하는데?"

나카타니가 물었다.

미야코는 나카타니와 우미 쪽으로 돌아섰다.

"나카타니는 오바야시와 지금껏 쭉 연락하고 있고, 우미는 오바야시한테 편지를 꽤 잘 썼던데?"

"네가 그걸 어떻게 아냐?"

나카타니의 목소리가 갑자기 낮아졌다.

미야코는 눈길을 슬쩍 피하며 복도 창문 쪽으로 고개를 돌렸다.

"좀 알면 어때서?"

"야."

"선생님이 오바야시가 학교에 올 수 있도록 도와 달라고 부탁하셨어."

갑자기 주위가 소리 한 점 없이 조용해졌다. 조용한 느낌이 별로 좋지 않았다. 마침 그때 교실과 복도에서 왁자지껄한 소리가 흘러나왔다.

미야코가 말을 이었다.

"오바야시가 왜 학교에 안 오는지 진짜 이유를 찾아야 돼. 그래야 학교에 오도록 할 수 있으니까."

"난 빠질래."

나카타니는 팔짱을 풀더니 교실 쪽을 흘깃 돌아보았다.

"나도. 왠지 싫어."

우미가 말했다.

"안 돼, 잠깐만. 제발!"

미야코의 목소리가 다급하게 바뀌었다. 나는 무심코 고개를 들었다. 눈이 마주치자 미야코가 나를 노려보았다.

"우리는 오바야시를 도와야 돼."

어느새 평소의 미야코로 돌아가 있었다.

"그러니까 우리는……."

"미야코."

나카타니가 미야코를 돌아보았다.

"나, 오바야시가 왜 학교에 안 오는지 알아."

"안다고?"

미야코의 눈이 휘둥그레졌다.

"넌 알고 있었구나."

우미가 또 무심히 중얼거렸다. 나는 깜짝 놀라서 나카타니를 똑바로 쳐다보았다.

미야코가 물었다.

"왜 안 오는데?"

"안 맞는대."

나카타니는 귀찮다는 듯 머리를 긁적였다.

"안 맞아?"

우미가 의아하다는 듯이 되물었다.

"안 맞는다……."

미야코가 그 말을 조그맣게 따라 했다.

"뭐가 안 맞는대? 선생님? 아니면 누구? 무슨 일이 있었는데?"

"글쎄, 오바야시 문자에는 그게 다였어."

나카타니는 또다시 머리를 긁적이면서 말했다.

"그러니까 뭔가 안 맞는대?"

미야코의 목소리가 커졌다.

"안 맞는다잖아. 걔가 그렇다잖아."

나카타니가 미야코에게 날카롭게 대꾸했다.

"결국 전부 다, 라는 거 아닐까?"

"그런 이유로 학교를 쉬어? 그건 초등학생 때나 부리는 어리광 아냐?"

미야코가 딱 잘라 말했다. 그 말에 나카타니가 인상을 찌푸렸다.

'분위기 안 좋은데…….'

나는 미야코의 어깨를 살며시 찌르며 조그맣게 말했다.

"미야코, 이제 됐어. 그만하자."

"싫어!"

미야코가 고개를 가로저었다. 나카타니가 눈살을 찌푸렸다.

"네가 오바야시를 좋아하는 건 알지만 거기에 우리까지 끌어들일 필요는 없잖아."

"엣, 그런 거야? 오바야시를 좋아한 거야?"

우미의 눈이 동그래졌다.

미야코의 눈에서 눈물이 똑 떨어졌다. 나는 깜짝 놀라서 일부러 시선을 돌렸다. 나카타니도 놀랐는지 눈썹이 추켜 올라갔다. 하지만 어떻게 해야 할지 몰라 당황스러운 듯 나와 우미를 번갈아 보다가, 결국엔 미야코에게 "미안." 하고 나지막이 중얼거렸다.

미야코는 아무 대답도 하지 않았다. 고개를 똑바로 든 채 손으로

눈물을 훔칠 뿐이었다. 주위가 순식간에 조용해졌다. 미야코의 손과 뺨이 눈물로 젖어 있었다.

나는 치마 주머니에 손을 넣었다. 오늘 아침에 챙긴 손수건 두 장이 주머니에서 나왔다. 미야코한테 손수건 두 장을 다 내밀었다.

"이거 왜?"

미야코의 목소리가 조금 떨렸다.

"써."

"필요 없어."

미야코는 받지 않았다. 그리고 아무 말도 없이 교실로 돌아갔다. 교실 문 쪽에서 기다리고 있던 그 애의 친구들이 이내 미야코를 에워쌌다.

"아무것도 아니야."

하고 대답하는 미야코의 목소리가 멀리서 들렸다. 언제나처럼 또박또박한 목소리였다. 신기하게도 조금도 떨리지 않았다.

"쟤, 저렇게 주변에 친구들이 많은데 왜 하필 우리한테 그런 걸 의논했을까?"

나카타니는 마음이 불편한 듯 또 머리를 긁적이며 계단을 천천히 올라갔다.

"나, 간다."

나카타니가 올라간 계단 너머로 창문이 보였다. 그 창문 너머로 파란 하늘이 선명했다. 종소리는 아직 울리지 않았다.

우미가 내 손에 있던 손수건 두 장을 집어 들었다.

"후미카, 손수건 이제 필요 없잖아."

우미는 손수건 두 장을 펴서 번갈아 바라보았다.

"두 장이나 가지고 왔구나."

"응, 못 골라서."

"너답다."

우미는 손수건 두 장을 얌전히 개서 내 손바닥 위에 올려놓았다.

"후미카, 미야코는 어떻게 할 거야? 도와줘, 말아?"

"몰라."

"몰라?"

우미는 커다란 눈으로 나를 쳐다보면서 되물었다.

"모르겠는 걸 어떡해?"

나는 눈물을 흘리는 미야코를 처음 보았다. 하지만 미야코가 말하는 '오바야시를 구원한다'는 방식은 마음에 들지 않았다.

"입장을 정하지 않으면 미야코한테 또 휘둘릴 텐데?"

우미는 자신의 머리카락을 손가락으로 도르르 감았다.

"넌 어떻게 할 거야?"

"난 안 해."

우미는 싱글벙글 웃으면서 아무렇지도 않은 듯 가볍게 말했다.

"후미카, 넌 항상 너 자신이 없어."

"무슨 말을 그렇게 해?"

"맞는 말이잖아."

우미가 아하하, 하고 소리내어 웃었다.

아하하, 하고 나도 덩달아 웃음으로 답했다.

"나 자신이 있다는 건 뭔데?"

"자기가 뭘 좋아하고 싫어하는지 잘 아는 거 아닐까?"

우미가 대답했다.

그 순간, 나는 우미의 머리를 묶은 머리끈이 오늘도 분홍색이라는 걸 알아챘다. 언젠가 우미네 집에 갔을 때 그 애의 방은 커튼과 쿠션, 옷걸이, 연필, 지우개, 손수건 등 죄다 분홍색 물건들뿐이었다.

"우미, 너는 분홍색을 좋아해?"

"응, 아주 좋아해."

우미는 딱 잘라 대답했다.

"미야코 방은 어떨까?"

"미야코 방은 아주 심플한가 봐. 책상 위에는 아무것도 없고 책장 문은 닫혀 있고……. 아무튼 방 안에 물건이 거의 없대."

그러더니 우미는 앗, 하고 소리를 냈다.

"후미카, 네 방에는 물건이 아주 많던데?"

"못 고르니까."

나는 조그맣게 중얼거렸다.

"왜 못 골라?"

"필요 있다와 없다를 나누는 건 쓸쓸하니까."

나는 입술을 삐죽 내밀었다.

"이해 안 돼."

우미는 야릇한 표정을 지었다.

"아 참, 나카타니 방은 어떨까?"

내가 물었다.

"물어볼까?"

우미가 웃으며 내 말을 받았다.

문득 오바야시의 방은 어떨지 궁금해졌다.

쉬는 시간이 되자 미야코는 여느 때와 다름없이 친구들과 웃으며 수다를 떨고 있었다. 마치 아무 일도 없는 것 같은 얼굴로……. 대체 아까 그 소동은 뭐였던 걸까.

쓸모 없는 아이

08

엄마는 의자 위로 올라가서 커다란 돋보기를 손에 든 채 부엌 식탁에 펼쳐 놓은 낡은 지도를 들여다보고 있었다.

나는 식탁 앞으로 달려가며 엄마를 소리쳐 불렀다.

"엄마."

"응, 학교 갔다 왔니?"

"학교 안 가면 어떻게 돼?"

내 말에 엄마 손에서 돋보기가 툭 떨어졌다.

"뭐? 왜 그래? 무슨 일이야? 대체 무슨 일인데?"

엄마는 의자에서 풀쩍 뛰어내렸다.

"후미카, 학교에서 무슨 일 있었니?"

엄마가 두 손으로 내 어깨를 꽉 붙잡았다. 그 바람에 양쪽 어깨가 몹시 아팠다.

"아무 일도 없어. 그냥 어떻게 되는지 궁금해져서."

"정말 궁금하기만 한 거니?"

"정말이야. 나, 학교 가는 거 싫지 않아."

"다행이다."

그제야 엄마는 내 어깨를 붙들고 있던 손을 놓았다. 그러고는 화난 목소리로 말했다.

"그런 말로 두 번 다시 놀라게 하지 마."

"엄마, 내가 그런 질문을 한 게 그렇듯 놀랄 일이야?"

"당연하지."

"뭐가 그렇게 놀라운데?"

"잠깐 쉬는 것 정도라면 몰라도, 여러 날 계속 쉬게 되면 여러 가지 귀찮은 일들이 생기거든."

"귀찮은 거 뭐?"

"왜 그렇게 여러 날을 쉬었는지 몇 번씩 설명해야 돼."

"왜 설명해야 돼?"

"듣고 싶어 하는 사람들이 많으니까. 그리고 쓸모 없는 사람으로 분류될지도 몰라."

엄마는 한숨을 쉬고 지도를 접었다. 나 때문에 볼 마음이 없어진 모양이었다.

"가방 놓고 올게."

나는 이렇게 중얼거리고 내 방으로 갔다.

학교에 안 가는 것이 엄청난 일이라는 사실 정도는 나도 알고 있었다. 그렇다면 오바야시도 쓸모 없는 아이로 분류될까? 그래서 미야코가 그렇게 열심히 오바야시를 학교에 오게 만들려는 건가?

"오바야시를 구원하는 거야."라고 말하던 미야코의 목소리가 잊히지 않았다.

'미야코가 말하는 구원이라는 게 대체 뭘까?'

그런 생각을 하면서 책상 위에 책가방을 내려놓았다. 그리고 치마 주머니에서 손수건을 꺼냈다.

손수건 두 장.

미야코는 지금의 오바야시로는 안 된다고 생각하는 걸까? 그래서 어떻게든 바뀌기를 바라는 걸까? 그렇다면 나는 오바야시가 어떻게 하기를 바라는 걸까?

메일을 쓰려고 새하얀 화면을 쳐다보고 있을 때와 같이 막막한 기분이 들었다. 아무 생각도 나지 않았다.

모르겠다. 이번에도 고를 수가 없다.

오바야시를 구원하겠다는 미야코의 생각이 마음에 안 드는 것일 뿐, 내가 그 애를 위해서 특별히 하는 일은 아무것도 없었다.

이래서는 안 된다. 미야코가 더 열심히 생각하고 있고 또 행동하고 있는 것이다. 나는 아무것도 안 하고 있다. 메일 한 통조차 쓰지 못하지 않는가.

나는 저녁을 먹은 뒤 컴퓨터를 켰다. 곧이어 컴퓨터 화면에 파란 하늘 사진이 펼쳐졌다.

구글에 접속했다. 적어도 오바야시에게 제대로 된 메일을 한 번은 꼭 쓰자고 생각했다. 하지만 이번에도 역시 한 줄도 쓰지 못했다. 포기하고 싶지 않아서 키보드를 계속 두드렸다.

안 맞아.

그렇게 쳐 봤다. 오바야시가 나카타니에게 문자로 말했다는 학교를 쉬는 이유가 바로 이것이었다.

안 맞아.

안 맞아.

안 맞아.

글자가 천천히 마음속으로 들어왔다.

나는 눈을 크게 뜨고 글자를 쳐다보았다.

이건 오바야시의 말이다.

안 맞아.

뭐가 안 맞는다는 걸까. 나카타니는 "전부 다, 라는 거 아닐까?" 하고 말했지만.

안 맞아.

참 쓸쓸한 말이었다. 왜 그런 말이 나왔을까? 오바야시는 안 맞는다는 말이 나오기까지 뭘 봤을까, 뭘 들었을까, 뭘 생각했을까? 교실 안에 덩그러니 비어 있는 오바야시의 자리가 떠올랐다. 오바야시는 대체 그 자리에서 뭘 보고 있었을까?

안 맞아.

오바야시의 목소리를 처음으로 들은 듯한 느낌이 들었다.

마음속에서 바람 소리가 났다. 메일을 쓰겠다는 마음이 순식간에 사라졌다.

안 맞아.

이 소리를 향해서는 메일을 못 쓰겠어.

"미안해."

컴퓨터 화면 너머의 오바야시에게 중얼거렸다. 처음으로 오바야시와 이야기를 나눈 듯한 기분이었다.

다음 날, 학교에 가자마자 나는 오바야시 자리를 물끄러미 바라보았다. 창가 쪽에 있는 자리, 아무도 앉지 않는 자리.

하필이면 오바야시의 뒷자리에서 반에서 가장 시끄러운 남자애들이 모여서 떠들고 있었다. 남자애 하나가 이야기를 하면서 오바야시의 의자 위에 체육복 가방을 턱 내려놓았다.

나는 눈이 휘둥그레졌다.

'거기, 오바야시 자리야.'

이렇게 소리치고 싶었지만 차마 그렇게 하지 못했다.

수업 시간에도 오바야시 자리를 힐끔힐끔 보았다. 체육복 가방은 이제 사라지고 텅 빈 의자와 책상만이 놓여 있었다.

하지만 또 누군가가 짐을 놔둘지도 모른다.

"아, 맞다."

한 가지 생각이 떠올랐다.

쉬는 시간에 오바야시 자리로 가 보았다. 손끝으로 책상을 살며시 어루만졌다. 손끝에 뭔가가 느껴졌다. 손가락에 먼지가 조금 묻었다. 순간, 오바야시네 집 우편함을 만졌을 때의 느낌이 떠올랐다. 손가락을 천천히 움직여서 별을 그렸다. 우편함과 달리, 책상 위에는 별 모양이 나타나지 않았다.

'먼지가 적어서 그런가…….'

나는 빈 의자를 빼서 털썩 앉았다. 삐걱, 소리를 내며 의자가 오른쪽으로 기울었다. 깜짝 놀라면서도 본능적으로 오른발에 힘을 줘 간신히 버텼다.

'망가졌나?'

체중을 실으면 의자가 오른쪽으로 기울었다. 자세를 고쳐 앉았다. 역시 오른쪽으로 조금 기울었다. 나는 오른발에 힘을 줘서 가까스로 균형을 잡았다.

'응, 그래. 괜찮네. 내가 여기 앉아 있으면 아무도 짐을 못 놓을

거야.'

나는 두 손으로 턱을 괴었다. 오바야시 자리 바로 옆은 창문이었다. 파란 하늘에 구름이 한 점 흘러가고 있었다.

'이 경치, 오바야시도 봤을까.'

그때 교실에 들어온 우미가 주위를 두리번거렸다. 손을 흔들자 곧바로 내게로 다가왔다.

"어머! 왜 오바야시 자리에 앉아 있어? 후미카."

"이제부터 쉬는 시간에는 여기 앉아 있을까 봐."

내 말에 우미가 고개를 갸웃했다.

"어? 왜?"

"여기 앉아 있으면 오바야시 의자에 아무도 짐을 못 올려놓잖아."

아아, 하고 우미가 조그맣게 소리를 냈다.

"혹시 누가 여기에 뭔가를 뒀어?"

"응, 좀."

"오바야시는 그냥 좀 쉬고 있을 뿐인데."

우미가 눈살을 찌푸렸다.

맞아, 하고 나는 속으로 생각했다.

'오바야시는 없어진 사람이 아니다.'

우미가 말했다.

"후미카, 언제까지 여기 앉아 있을 거야?"

"몰라. 그냥 이 의자에 쭉 앉아 있을까 싶어."

"오바야시를 위해서 애쓰는 거야?"

"모르겠어. 초인종도 안 누르고, 메일도 안 보내고. 텅 빈 의자에 앉아만 있는 건데. 의자에 짐이 놓이지는 않겠지만, 정작 오바야시에게는 아무 영향도 미치지 못할 거야."

"그렇네."

우미는 이렇게 말하며 크게 고개를 끄덕였다.

'아무리 그래도 이렇게 선뜻 대답하다니. 하지만 뭐, 사실인 걸 어쩌겠어?'

나는 서운한 마음이 들어서 속으로 투덜거렸다.

"그런데 미야코가 보면 아무 도움도 안 되는 일을 하고 있다고 잔소리를 할지도 몰라."

우미가 빙긋 웃으며 콕 집어 말했다.

"도움이 된다는 게 뭔데?"

나는 오바야시 의자에서 또다시 자세를 고쳐 앉았다.

오른쪽으로 기울어진 의자

09

오늘도 쉬는 시간에 오바야시의 자리에 앉았다. 반 친구들이 어떻게 생각할지는 전혀 신경 쓰지 않았다. 아니, 아무도 신경을 쓰지 않는 듯이 보였다.

오바야시는 아직도 학교에 나오지 않고 있었다.

요즘은 햇살이 강해져서 반팔을 입어도 더웠다. 교문 옆의 벚나무 잎이 바람결에 버스럭 소리를 낼 듯이 크게 자랐다. 이제 곧 여름 방학이다.

나는 쉬는 시간마다 오바야시 자리로 가서 앉아 있었다. 책상에 엷게 쌓여 가던 먼지가 없어지고 어느새 제법 깨끗하게 바뀌어 있었다.

나는 의자에 등을 기댔다.

의자가 삐걱, 하고 소리를 내면서 오른쪽으로 기울었다.

앉았다.

삐걱, 했다.

다시 고쳐 앉았다.

삐걱, 했다.

오바야시는 의자가 삐걱거리는 소리를 듣고 있었겠지.

한쪽으로 기울어져서 앉기 힘든 의자 위에서.

"거기 앉아 있으면 심심하지?"

우미가 말을 건네면서 다가왔다.

"아니, 그렇지도 않아."

나는 무심한 목소리로 대답했다.

"오바야시는 여기서 뭘 보고 있었을까?"

우미에게 물었다.

"난 오바야시가 아니잖아. 근데 그걸 어떻게 알겠어?"

우미는 당연하다는 듯 대답했다.

"그건 그렇고, 이거."

우미가 분홍색 종이봉투를 내밀었다.

"선물."

"고마워. 근데 뭐야?"

"휴대용 티슈 케이스. 가게에 갔다가 우연히 봤는데 딱 네 거란 생각이 들어서."

나는 봉투를 열었다. 회색 천으로 만든 휴대용 티슈 케이스가 들어 있었다.

"와아, 회색. 이게 나 같아?"

나는 티슈 케이스를 집어 들었다.

"응, 뭔가 분명하지 않은 느낌……. 그게 너 같아."

"돌직구, 감사합니다."

내 말에 우미가 웃으며 말했다.

"나는 회색 안 싫어."

"위로 안 해 줘도 돼."

"회색에는 여러 가지 색이 보이는 것 같잖아."

이럴 때 어깨를 움츠리며 웃는 우미의 얼굴은 참 귀여웠다.

'이 얼굴에는 다 그냥 넘어가게 된다니까. 또 우미 장단에 넘어가고 있는 걸까? 뭐, 어때? 휴대용 티슈 케이스, 정말 고마워.'

나는 매일 오바야시의 의자에 앉았다. 오바야시는 여기서 뭘 보고 있었을까, 하고 계속 중얼거린 탓일까? 우미는 "어땠어?" 하고 매일 물어 왔다.

"그 자리에서 뭔가 보였어?"

"아니. 새로 알게 된 건 의자가 오른쪽으로 기운다는 것 정도?"

"그렇구나."

그러면서 우미는 머리 뒤로 두 손을 깍지 끼더니 냉큼 자기 자리로 돌아갔다.

오바야시 의자는 오른쪽으로 기울어져 있었다. 그래서 칠판도 기울어져 보였다. 오른쪽 다리에 힘을 줘서 계속 버티는 일은 결코 쉽지 않았다. 다리가 몹시 불편했다.

오바야시는 왜 선생님이나 반 친구에게 의자를 바꿔 달라고 얘기하지 않은 걸까?

'안 맞아.'

오바야시는 나카타니에게 그렇게 말했다. 나카타니는 그것이 오바야시가 학교를 계속 쉬는 이유라고 했다. 오바야시는 이 의자도 안 맞는다고 생각하면서 앉아 있었던 걸까?

나는 오른쪽 다리에 주었던 힘을 빼고서 주변을 둘러보았다. 조금 기울어진 교실, 조금 기울어진 칠판, 조금 기울어진 창문…….

창문 너머로 보이는 하늘은 아주 맑고 파랬다.

"후미카, 나 여기서 숙제할게."

그 소리에 고개를 번쩍 들었다. 우미가 공책과 교과서를 품에 안고 서 있었다.

"여기서?"

"응."

우미가 빙긋 웃었다.

"앉을래?"

나는 몸을 조금 비켜 의자의 반을 내줬다.

"응."

우미는 고개를 끄덕이면서 옆에 앉았다. 쿵, 하고 소리가 나는 동시에 무게감이 의자에 실렸다. 사실, 두 사람이 앉기에는 좀 비좁았다.

"어제 새로 산 네일을 해 보느라 시간이 없었어."

캬하하, 하고 우미가 소리내어 웃었다. 하지만 곧바로 눈을 크게 뜨며 입을 꾹 다물었다. 어느새 미야코가 다가와 우미 옆에 서 있었다.

"너네, 남의 의자에 앉아서 뭐 하는 거야?"

미야코가 대뜸 눈살을 찌푸렸다. 목소리가 차가웠다.

내가 대답했다.

"오바야시가 여기서 뭘 보고 있었는지 궁금해서."

"거기서?"

미야코는 잠시 입을 다물었다가 다시금 열었다.

"그런 걸 다른 사람이 어떻게 알아? 바보 같긴. 그건 그렇고, 오바야시한테 메일 보냈어?"

나는 고개를 저었다.

"그 애의 의자에 앉아 있는 게 대체 어떤 도움이 된다는 건데? 혹시 오바야시한테 네 자리를 대신 지키고 있었어, 라고 말하고 싶은 거야?"

미야코는 언제나처럼 거침없이 말했다.

나는 미야코를 빤히 올려다보았다.

"아니야, 오바야시가 알든 모르든 상관없어."

내가 대꾸하는 순간, 미야코의 따가운 시선과 정면으로 부딪쳤다. 아무래도 내가 꺾일 것만 같았다. 아, 힘들어.

미야코가 입을 열려고 달싹였다.

"너는 그렇게 말하지만……."

우미가 먼저 입을 열었다. 몸을 돌려 앉아 미야코를 똑바로 쳐다보면서.

"후미카가 이렇게 앉아 있지 않았으면 짐 놓는 곳이 됐을지도 몰라, 이 자리. 그래도 괜찮아?"

우미는 손가락으로 오바야시의 책상을 탁탁 튕겼다.

미야코의 까만 눈동자가 조금 커졌다.

"이깟 의자를 지키는 게, 오바야시가 학교에 오는 거랑 무슨 상관인데? 네가 설명해 봐, 후미카."

'난 그런 거 몰라.'

나는 그저 미야코를 빤히 바라보았다.

"근데 이 의자 기울어. 삐걱, 소리도 나고."

"얘가 대체 뭐라는 거야?"

미야코가 딱 잘라 받아쳤다.

"나도 잘 모르겠어."

나는 조그만 목소리로 대꾸했다.

미야코가 눈을 조금 더 크게 떴다.

"그렇다면……."

"근데 난 이 의자에 계속 앉아 있고 싶어."

나는 주먹을 꽉 쥐었다.

"거기가 오바야시 자리라는 걸 똑바로 기억하고 있으면 됐어."

미야코는 이렇게 중얼거리고는 자기 자리로 휙 돌아갔다.

"무서웠지? 후미카."

미야코가 눈앞에서 사라지자 우미가 걱정스런 눈빛으로 물었다.

"네가 같이 있어서 정말 다행이었어. 고마워, 우미."

나는 꾹 쥐고 있던 주먹을 펴서 손바닥에 난 땀을 보여 주었다. 역시 미야코에게 대꾸하려면 용기가 필요했다. 나는 의자 깊숙이 몸을 기대앉았다. 의자가 언제나처럼 삐걱, 소리를 냈다.

"우미, 있잖아."

"뭐?"

"나, 혹시 미야코한테 이상한 소리 같은 거 하지 않았어?"

우미는 글쎄, 하고 고개를 갸웃했다.

"잘 모르겠어. 그런데 이제 이 자리에 앉는 거 그만둘 거야?"

"아니."

"그럼 나도 너랑 같이 여기 있을래."

우미는 교과서와 공책을 안고 빙긋 웃으며 손가락으로 브이 자를 만들었다.

'우미가 여기서 숙제를 하는 건 나하고 같이 있기 위해서였어.'

그때 종소리가 울렸다. 내 자리로 돌아가려고 의자에서 일어났다. 내 자리에는 나카타니가 앉아 남자애들과 수다를 떨고 있었다.

"왜 그래? 후미카."

우미가 물었다.

"저쪽."

나는 손끝으로 내 자리를 가리켰다.

"빈자리에는 누구든 아무렇지도 않게 금방 앉는구나 싶어서."

"앗, 네 자리에 나카타니가 앉아 있네."

우미의 눈이 휘둥그레졌다.

"남의 자리에 허락도 받지 않고 막 앉다니."

나는 혼잣말처럼 중얼거렸다.

나카타니도 저렇게 하는데, 다른 아이들이 오바야시의 의자에 짐을 마구 얹어 놓는다 해도 전혀 이상할 게 없었다.

하얀 엽서

10

나는 쉬는 시간마다 오바야시 자리로 가서 오른쪽으로 살짝 기울어지는 의자에 앉아 있었다. 겨우 그것뿐인데, 왠지 아주 중요한 일을 하고 있는 것 같은 기분이 들었다.

조금씩 뭔가 더 보이는 듯했다. 뭔가 더 들리는 듯했다.

한번은 나카타니가 다가오더니 대뜸 이렇게 물었다.

"너, 저번부터 여기서 계속 뭐 하냐?"

"오바야시 의자에 앉아 있어."

"왜?"

저건 오바야시가 보던 것과 같은 경치일까?

나는 두 손으로 턱을 괴면서 창밖을 가리켰다. 나카타니는 "그렇구나." 하고 중얼거렸다.

"참 오래도 하네."

우미는 이렇게 한마디씩 툭 던지면서도 늘 나와 함께해 주었다.

여름 방학까지는 이제 며칠밖에 남지 않았다. 오바야시 자리에서 보이는 파란 하늘에 새하얀 구름이 한들거렸다. 창문 위쪽에는 살짝 얼룩이 져 있었다. 그 자리만 하늘이 모래색이었다.

'닦는 게 나을까?'

나는 오른쪽 다리에 힘을 줘서 기울어진 의자를 바로잡았다.

의자가 끼익, 하고 비명을 질렀다.

교실 한가운데쯤에서 미야코의 등이 보였다. 언제나 그 주변에 있던 아이들이 오늘따라 한 명도 보이지 않았다. 그러고 보면 요즘 미야코는 자기 자리에 앉아서 혼자 뭔가를 계속 쓰고 있었다.

나는 또 턱을 괴었다.

그때였다.

"왜 저렇게 귀찮게 굴어?"

그러면서 와르르 웃는 목소리가 옆으로 지나갔다.

괜스레 쿵, 하고 가슴이 울렸다. 나는 짐짓 고개를 숙이면서 목소리가 들리는 쪽을 슬쩍 보았다.

미야코 친구들이었다. 내 옆을 쓱 지나 앞자리 근처에서 저희끼리 소곤거리며 웃고 있었다. 목소리로 보아 서너 명쯤 되는 듯했다.

"이름이 뭐였지? 오모리? 오타케?"

"이름도 기억 안 나."

나는 몸이 뻣뻣하게 굳었다. 오바야시는 이제 자리뿐 아니라 이름도 잊히고 있었다.

"걔한테 굳이 편지를 쓰고 싶으면 미야코 저 혼자서 하면 될 텐데."

'미야코'라는 소리에 귀가 쫑긋 곤추섰다.

나는 슬그머니 고개를 들었다. 이 정도 크기의 목소리라면 미야코 자리에서도 다 들릴 텐데…….

"근데 왜 우리한테까지 쓰라고 하는 거야?"

"걔, 전부터 그랬어. 자기 생각대로 안 되면 엄청 싫어하잖아."

"어차피 생각은 다 다른 건데."

"맞아! 내 말이……."

아이들은 서로를 쳐다보며 고개를 주억거렸다.

"누가 아니래? 어차피 생각은 서로 다를 수밖에 없어."

"괜히 쓸데없는 짓 하지 말고 남의 일에 상관하지 않았으면 좋겠어."

"그게 더 배려하는 거잖아."

아이들은 큭큭 웃으면서 미야코 쪽을 이따금씩 흘깃거렸다. 그러거나 말거나, 미야코의 등은 조금도 움직이지 않았다.

나는 숨을 죽였다.

그 애들이 하는 말이 옳은 것 같았다. 하지만 왠지 마음이 무겁고 기분이 언짢았다. 옳은 것 같은데도 마음이 안 좋은 건 왜일까?

"후미카, 나 여기 앉을게."

그때 우미 목소리가 들렸다. 덜컹, 하고 의자가 흔들렸다. 미야코 친구들의 목소리가 순식간에 그 소리에 묻혔다.

우미가 내 옆에 딱 붙어 앉았다.

"좁아."

나는 이렇게 중얼거리면서 우미가 앉을 수 있도록 옆으로 조금 비켰다.

"저 애들이 널 괴롭히는 줄 알았어."

우미는 이렇게 속삭이더니, 머리에서 분홍색 머리끈을 빼 손목에 끼웠다.

"아니라서 다행이야."

'아아, 우미가 일부러 와 주었구나. 하지만 미야코는…….'

미야코 쪽을 흘깃 보자 아직도 혼자 앉아 있었다.

"미야코, 재 뭐 하는 거지?"

우미가 물었다.

"편지 쓰는 거 아닐까?"

왠지 그런 느낌이 들었다.

"편지?"

"미야코한테 잠깐 가 볼까?"

내 말에 우미가 싱글벙글 웃으면서 고개를 가로저었다.

"안 가. 너 혼자 가, 후미카."

한마디로 딱 잘라 거절당했다.

"어차피 생각은 서로 다를 수밖에 없어."

순간, 미야코 친구들이 하던 말이 떠올랐다.

역시 걔네들이 하는 말이 옳은 걸까?

……하지만.

잠시 후, 나는 미야코 자리로 어기적어기적 걸어갔다. 미야코는 엽서를 쓰고 있었다. 가녀린 어깨 위로 가지런히 흘러내린 머리칼이 매우 단정했다. 빳빳하게 다림질한 하얀 셔츠는 긴팔인데도 무척 시원해 보였다. 미야코에게서는 항상 의젓하고 당당한 냄새가 났다. 왠지 그 애 앞에서는 몸가짐을 바르게 하고 앉아야 할 것 같은 생각이 들었다.

미야코의 손이 연방 움직였다. 책상 속에서 엽서를 한 장 꺼내더니 책상 위에 턱하니 올려놓았다.

"후미카, 너도 할 일 없으면 한 장 쓰지 그래?"

나는 어깨를 움츠렸다. 내가 온 걸 언제 알아챘을까?

"오바야시한테 쓰는 거야?"

내 물음에 미야코가 시큰둥하게 대답했다.

"응, 오늘 학교에서 있었던 일이랑 학교에 빨리 나오라는 얘기랑 이것저것……."

"매일…… 써서 보내?"

"응."

아주 당연하다는 말투였다.

'으아아……. 오바야시는 미야코에게서 매일 엽서를 받고 있구나. 나라면 엄청 소름 끼칠 것 같은데. 그런데 왜 엽서일까? 미야코한테 분명히 오바야시의 메일 주소를 알려 줬는데.'

"엽서……구나? 메일은 안 써?"

미야코는 손을 멈추고 고개를 번쩍 들었다. 어깨 위로 단정히 자른 머리칼이 사르르 움직였다.

"메일은 바로 보낼 수 있어서 편리하지만 그만큼 상대방이 거절하기도 쉽잖아."

“무슨 말이야?”

내 물음에 미야코는 커다란 눈을 내려뜨며 한숨을 푹 쉬었다.

“수신 거부라고 알아?”

나는 고개를 저었다.

“후미카, 메일은 미리 설정해 두면 메일함에 들어오기 전에 자동으로 보낸 사람한테 돌려보낼 수 있어.”

그런 건 처음 알았다.

“혹시…… 수신 거부당했어?”

“아니, 하지만…….”

미야코는 다시 말을 이었다.

“엽서는 우편함에 넣을 수 있잖아. 오바야시가 버릴 수도 있지만. 컴퓨터에서 자동으로 되돌아오는 건 진짜 싫어.”

자세히 보니 미야코의 엽서에는 우표가 없었다. 미야코는 오바야시네 집 우편함에 엽서를 직접 갖다 넣는 걸까.

‘매일 미야코의 엽서를 받는다. 그게 기쁘다면 괜찮지만, 혹시라도 싫다면……. 오바야시는 이 엽서를 어떻게 할까? 오바야시의 마음은 괜찮을까?’

미야코는 부지런히 손을 움직여서 엽서에 글을 적고 있었다. 미야코의 글씨체는 워낙 반듯반듯해서 마치 어른 글씨 같았다.

"후미카, 요즘도 오바야시 의자에 앉아?"

미야코가 물었다.

"응, 앉아."

"그게 무슨 도움이 되겠어? 근데 참 오래도 하네."

미야코는 휴, 하고 한숨을 또 내쉬었다. 이미 포기한 듯했다.

"그야 사람은 생각이 다 다르니까." 하고 말하려다가 문득 미야코 친구들의 목소리가 생각나서 그만두었다.

-어차피 생각은 서로 다를 수밖에 없어.

-쓸데없는 짓 하지 말고 남의 일에 상관하지 않았으면 좋겠어.

-그게 더 배려하는 거잖아!

매일 엽서를 쓰는 미야코, 의자에 계속 앉는 나. 정말로 생각은 모두 다르다.

만약 내가 오랫동안 학교를 쉬고 있다면? 매일 엽서를 받고 싶지는 않을 거다. 그런데 미야코는 학교에 오래 안 나오는 친구의 자리에 대신 앉아 있는 것은 별 도움이 안 되는 일이라고 생각한다.

미야코가 오바야시에게 날마다 엽서를 쓰는 것은 좀 뜨악하게 느껴지지만, 조금 전에 미야코 친구들이 소곤거리던 이야기를 들었을 때처럼 씁쓸한 기분이 들지는 않았다. 그러니까 가슴에 돌덩이를 얹은 듯 묵직하고 께름칙한 기분이 신기하게도 미야코에게서는 느껴지지 않았다. 왜 그런 거지?

갑자기 미야코가 엽서를 쓰던 손을 멈췄다.

"후미카, 학교를 계속 쉰다는 건 뭘까?"

미야코는 엽서의 가장자리를 손으로 살살 어루만졌다.

그때 문득 누군가의 짐이 놓일 뻔한 오바야시의 의자가 떠올랐다. 게다가 미야코 친구들은 오바야시의 이름조차 잊어 가고 있었다.

'학교를 계속 쉰다는 건…….'

내가 말했다.

"잊히는 건지도 몰라."

미야코는 손끝으로 엽서의 가장자리를 따라 선을 그렸다.

"혹시 오바야시는 잊히고 싶은 걸까?"

미야코가 중얼거렸다.

순간, 바람이 스치는 듯했다.

'잊히고 싶다.'

참 쓸쓸한 말이다.

오바야시는 학교를 쉬는 이유가 '안 맞기' 때문이라고 했다.

나는 두 단어를 이어 보았다.

안 맞다.

잊히고 싶다.

훨씬 더 쓸쓸한 말이 되었다.

"결국 다 어리광이야."

미야코는 입술을 깨물었다.

내가 물었다.

"어리광이라니, 오바야시 말이야?"

"그래."

미야코의 대답에는 언제나 그렇듯 망설임이 없었다.

나는 갑자기 궁금해졌다.

"넌 왜 학교에 꼭 와야 된다고 생각하는데?"

"당연한 일이니까."

곧바로 대답이 튀어나왔다. 나는 질문을 바꿔서 다시 물었다.

"넌 왜 학교에 다녀?"

"어리광 부리고 싶지 않아서."

여전히 똑 부러지는 대답이었다.

미야코를 흘깃거리면서 저희끼리 숨 죽여 웃던 그 애의 친구들이 떠올랐다.

'어리광 부리고 싶지 않아서.'

나는 미야코를 가만히 바라보았다. 까만 눈동자와 새하얀 피부, 야무진 입매, 단정한 머리칼, 깔끔하게 다림질한 셔츠, 꼿꼿하게 편 등…….

미야코가 무척 예뻐 보였다. 그리고 처음으로 눈부시게 느껴졌다.

"후미카, 넌 왜 학교에 다니니?"

미야코가 다그치듯 물었다.

"왜라니?"

"나는 대답했으니까 너도 대답해 봐."

미야코에게선 도저히 도망칠 수가 없었다.

그런데 대답하기가 매우 곤란했다. 미야코한테 그렇게 물어보면서도 정작 내가 왜 학교에 다니는지는 생각해 보지 않았다.

다른 아이들은 어떨까? 다들 왜 학교에 다니는 걸까?

만약 학교에 안 다녔으면 미야코와 얘기를 나눌 일이 없었겠지. 굳이 어느 쪽으로 나누자면, 미야코는 만나고 싶지 않은 부류였다.

그리고 이 반에 오지 않았으면 지금처럼 오바야시를 생각하는 일도 없었을 테지. 결국 이렇게 미야코와 얘기를 나눌 일도 없었다. 오바야시의 의자가 기울어져 있다는 것도, 삐걱거리는 소리가 난다는 것도 몰랐을 터였다. 또 오바야시 자리에서 경치를 바라보는 일도 없었겠지. 그것이 기쁜 일인지까지는 잘 모르겠다. ……하지만 싫은 일도 아니었다.

"만약 학교에 안 다녔으면 너하고 얘기를 나눌 일이 없었을 거야."

나는 미야코의 물음에 답했다.

"그렇구나."

미야코의 옆얼굴이 조금 웃는 듯한 느낌이 들었다. 그러다 휴, 하고 또 한숨을 내쉬더니 엽서를 쓰기 시작했다.

나는 고개를 들어서 시계를 쳐다보았다. 그리고 오바야시 자리를 물끄러미 바라보았다.

우미가 아직 그 자리에 앉아 있었다. 내내 이쪽을 바라보고 있었는지 금세 눈이 딱 마주쳤다.

"올래?"

내가 손짓을 하자 우미가 곧바로 다가왔다.

"괜찮아, 후미카?"

우미는 내게로 오자마자 미야코에게 입을 삐죽였다. 내가 곤란해하고 있는 걸로 오해한 모양이었다.

"우미, 괜찮아. 아무렇지도 않아."

내 말에 우미는 조그맣게 속삭였다.

"쟤, 지금 뭐 하는 거야?"

그 소리를 듣고 미야코가 고개를 바짝 들었다.

“오바야시한테 엽서 쓰고 있어.”

미야코는 가느다란 볼펜으로 빼곡하게 글을 쓴 엽서를 우미에게 내밀어 보였다. 우미는 눈이 동그래졌다.

“열심히 하네.”

“열심히 안 해.”

미야코가 시큰둥하게 대꾸했다.

“후미카도 마찬가지지만.”

우미가 말했다.

“열심히 안 해.”

나도 미야코와 똑같이 대답했다.

“의자에 앉고 엽서를 쓰고. 너희 둘은 그게 안 귀찮아?”

우미가 또 물었다.

“안 귀찮아.”

“안 귀찮으니까 하지.”

또 미야코와 대답이 겹쳤다. 미야코와 눈이 마주쳤다. 미야코의 맑은 눈동자가 조금 흔들리는 듯했다.

‘아아, 그렇구나.’

어쩌면 미야코와 나는 똑같은 마음일지도 모른다.

생각은 다 달라도 된다. 어차피 생각은 모두 다르다.

나는 내 방식대로, 미야코는 미야코 방식대로 오바야시한테 관심을 보이고 있는 것이다.

-어차피 생각은 서로 다를 수밖에 없어.

-쓸데없는 짓 하지 말고 남의 일에 상관하지 않았으면 좋겠어.

-그게 더 배려하는 거잖아.

아까 저희끼리 깔깔거리던 미야코 친구들과 우리는 확연히 다르다. 그러자 쓱, 하고 선 하나를 스스로 그은 듯한 느낌이 들었다.

나는 선 이쪽에 서 있었다. 스스로 선을 그은 사실이 아무리 쓸쓸해도 건너편으로 넘어갈 순 없었다. 사실, 딱히 가고 싶지도 않았다.

미야코 친구들도 같은 생각일까?

이제야 이쪽저쪽으로 나눌 때의 마음을 조금은 알 것 같았다.

그때 우미가 미야코 책상 위에 놓인 엽서를 한 장 집어 들었다.

"나도 오바야시한테 뭔가 좀 써 볼까 싶은데. 후미카, 너는 어쩔 거야?"

우미가 물었다. 나는 입을 꾹 다물었다.

"안 써?"

우미가 다시 물었다.

하얀 엽서……. 역시 손으로 쓰는 건 못 할 듯싶었다.

나는 엽서를 끝까지 집지 않았다.

“안 쓰고 싶구나?”

우미는 고개를 갸우뚱거리며 한마디 툭 던졌다. 미야코는 아무 말도 하지 않았다.

오바야시가 보낸 편지

11

때마침 누군가가 나를 불렀다. 고개를 번쩍 들자 교실 앞쪽에서 나카타니가 빠르게 손짓을 했다. 나는 책상과 책상 사이를 서둘러 빠져나갔다.

나카타니가 말했다.

"후미카, 너 오바야시 의자에 계속 앉아 있었잖아."

"응, 그랬어."

대체 무슨 말을 하려는가 싶어서 괜스레 긴장이 되었다.

나카타니가 말을 이었다.

"그 의자, 기울지?"

"응, 기울어."

"오른쪽으로 살짝, 그렇지?"

"잘 아네."

"오바야시한테 들었어."

오바야시, 라는 이름이 귓가에서 반짝 울렸다.

"오바야시랑 만났어? 뭔가 얘기를 나눴어?"

"응, 뭐. 문자로. 그러다가 잠깐 만나 얘기를 나눴는데, 쉬는 시간마다 네가 오바야시 의자에 앉아 있다고 그랬거든."

"아, 그 말을 했구나."

"말하면 안 되는 거였냐?"

나카타니가 고개를 갸웃했다.

'어떡하지? 결국 오바야시한테 들켜 버렸네. 오바야시가 날 이상하게 생각할 수도 있는데…….'

"그래서? 오바야시가 뭐라고 했어?"

"아니, 아무 말도 안 했어."

"그렇구나."

마음이 슬쩍 놓이면서도 조금 실망스러웠다.

"그래서 말인데……, 오바야시한테서 이걸 받아 왔어."

나카타니는 가방에서 조그만 비닐봉지를 꺼내 나에게 내밀었다.

"자, 이거."

"이게 뭔데?"

비닐봉지 안에는 나무판자가 하나 들어 있었다. 두께는 손가락 굵기만 했다.

"그냥 판자야. 오바야시한테 어디에 쓰는 거냐고 물어봤는데…… 끝까지 대답을 안 하잖아. 그 의자에 앉아 보면 어디에 쓸지 금방 알게 된다고."

드르륵, 하고 어디선가 작은 창문이 열리는 듯한 느낌이 들었다.

파란 하늘, 그 하늘 저쪽에서 바람이 불어 왔다.

나는 그 판자를 받았다. 비닐봉지와 같이 판자의 감촉이 묵직하게 손 안에 퍼졌다. 자세히 들여다보니 판자의 표면이 사포로 오랫동안 문질러 아주 매끈했다.

이건 오바야시가 보낸 편지다.

"고마워."

나는 판자를 손에 꽉 쥐었다. 가슴 깊숙한 곳에서 뭔가 반짝하고 빛났다.

"그 판자, 뭐냐? 그냥 판자잖아, 나무판자."

나카타니가 물었다.

"응, 판자야. 근데 아마……."

나는 오바야시 자리로 냉큼 뛰어갔다. 의자를 들고 오른쪽 다리

밑에 오바야시가 준 판자를 조심스럽게 끼워 넣었다. 그리고 살며시 앉아 보았다.

역시 그랬다. 판자가 의자에 딱 들어맞았다. 의자가 아주 편안해졌다. 이제 더 이상 어느 쪽으로도 기울지 않았다.

종이비행기

12

"뭐야!"

미야코의 날선 목소리가 들렸다. 소리나는 쪽을 돌아보자, 나카타니가 미야코 앞에 서 있었다. 미야코의 손에 색지가 쥐여 있었다. 딱 그림엽서 크기였다.

"아무것도 안 쓰여 있잖아."

"자, 자, 진정해 봐. 오바야시가 자기 이름은 썼다던데?"

나카타니는 미야코를 달래느라 애를 썼다.

"이름이 적혀 있긴 하지만. 이게 뭐 어쨌다고."

미야코는 자리에서 일어나 나카타니를 쏘아보았다.

"그걸 나한테 물어도 대답할 수가 없어."

나카타니는 괜스레 머리를 긁적였다.

"이런 걸 받아 올 거면 제대로 확인을 했어야지."

"미야코라면 알 거라고 하던데."

"내가 어떻게 알아?"

그러면서 미야코는 오바야시의 그림엽서를 품에 꼭 안았다.

그때 우미가 내 이름을 다급히 부르면서 뭔가를 들고 다가왔다.

"종이비행기야."

우미는 종이비행기를 날리는 시늉을 했다.

"미야코 엽서로?"

내가 물었다.

"응, 편지를 쓰려고 했는데 뭐라고 쓸지 도저히 모르겠어서…… 그냥 종이비행기를 접었어."

"어디로 날리는데?"

"오바야시네 집 창문."

우미는 종이비행기를 들고 교실 창밖을 겨누었다. 종이비행기 끝이 파란 하늘을 향했다.

"분명히 날아갈 거야, 그 종이비행기."

"정말 날아갈까? 그럼 집에 가다가 슝 날려 볼까?"

우미가 빙그레 웃었다.

"너도 종이비행기 날릴래?"

아니, 하고 나는 조그맣게 대답했다.

"나는 그냥 편지를 쓸까 하는데."

나는 내 자리로 가서 필통과 종이를 꺼냈다. 그러고 나서 오바야시 자리로 돌아간 뒤 연필을 손에 쥐고 편지 쓸 준비를 했다.

이제 쓸 말이 있었다.

편지에 꼭 담고 싶은 '마음'이 있었다.

오바야시에게

나무판자가 의자에 딱 맞았어!

—이가라시 후미카

파란 하늘

13

"그러니까 오바야시가, 학교에 나오고 있을 때 의자 다리에 받치려고 만들고 있던 중이었대. 판자를 의자에 대 본 뒤 사포로 조금씩 문질러 가면서……."

나카타니가 집으로 돌아가는 길에 말했다.

"선생님께 의자를 바꿔 달라고 말씀드렸으면 아주 간단했을 텐데."

내가 말했다.

"말하고 싶지 않았던 거지."

나카타니와 나는 집으로 가는 방향이 같았다. 가끔씩 나카타니는 걸음을 멈춰 선 뒤 주머니에서 휴대폰을 꺼내 만지작거렸다. 그러다 휴대폰을 다시 주머니에 집어넣고 후다닥 뒤쫓아 달려왔다.

"뭐 했어?"

나는 천천히 걸으면서 물었다.

"너한테 나무판자 전달했다고 오바야시에게 보고했어. 전송 끝!"

나카타니는 휴대폰이 들어 있는 주머니를 손으로 탁탁 두드렸다.

주택가로 들어서기 전에 횡단보도가 하나 있었다. 하필이면 빨간 불이었다. 걸음을 우뚝 멈추자 나카타니의 주머니에서 휴대폰의 진동음이 울렸다.

나카타니는 곧바로 휴대폰을 꺼내 화면을 들여다보았다. 그때 신호등이 초록색으로 바뀌었다. 나는 먼저 횡단보도를 건너갔다.

잠시 후, 나카타니가 뛰어와 내 어깨를 손가락으로 쿡 찔렀다.

나는 걸음을 멈췄다.

"후미카, 이거."

나카타니가 휴대폰을 나한테 내밀었다.

'뭐지?'

나는 휴대폰 화면을 내려다보았다. 문자 메시지였다.

후미카는 왜 그 의자에 계속 앉아 있을까?

난 더 이상 앉고 싶지 않게 된 그 의자에…….

그 의자에 앉아서 어떤 생각을 할까?

언젠가 그 애에게 물어보고 싶어.

나는 눈이 휘둥그레졌다. 휴대폰 화면 너머에서 한 줄기 바람이 불어 와 하늘로 휘리릭 흘러갔다.

오른쪽으로 기우는 의자.

삐걱, 소리.

창문 너머로 보이는 파란 하늘.

오바야시 자리에서 본 것과 들은 것이었다.

언젠가 그 애에게 물어보고 싶어.

이건 오바야시의 목소리였다. 나는 하늘을 올려다보았다.

파란 하늘과 학교 위, 그리고 내가 서 있는 위를, 오바야시네 집이 있는 주택가 위를, 그리고 아주 멀리까지 커다랗고 커다란 파란색 하늘이 펼쳐져 있었다.

학교에
오지 않는 아이

첫판 1쇄 펴낸날 2018년 2월 19일
8쇄 펴낸날 2020년 6월 27일

지은이 세이노 아쓰코 **옮긴이** 김윤수
펴낸이 박창희
편집 김수진 이민주 **디자인** 권은숙
마케팅 이혜인 **회계** 양여진

펴낸곳 (주)라임
출판등록 2013년 8월 8일 제 406-2013-000091호
주소 경기도 파주시 회동길 57-9, 우편번호 10881
전화 031) 955-1820, 1821 **팩스** 031) 955-1825
이메일 lime@limebook.co.kr **인스타그램** @lime_pub

ⓒ 라임, 2018
ISBN 979-11-85871-91-2 44830
979-11-951893-0-4 (세트)

* 잘못된 책은 구입하신 서점에서 바꾸어 드립니다.
* 본서의 반품 기한은 2025년 6월 30일까지입니다.

이 도서의 국립중앙도서관 출판시도서목록(CIP)은 e-CIP 홈페이지(http://seoji.nl.go.kr)와 국가자료 공동목록시스템(http://www.nl.go.kr/kolisnet)에서 이용하실 수 있습니다.(CIP제어번호 : CIP2018003655)